Samuel Hellsworth

II

Saat der Gier

Dark Fantasy

Bibliografische Information der Deutschen Nationalbibliothek: Die Deutsche Nationalbibliothek verzeichnet diese Publikation in der Deutschen Nationalbibliografie; detaillierte bibliografische Daten sind im Internet über dnb.dnb.de abrufbar.

https://ed-berg.de/
https://www.facebook.com/ed.berg.author
https://www.instagram.com/ed.berg.author
https://www.youtube.com/@Ed-Berg
https://www.tiktok.com/@ed.berg.author

Verlag: BoD · Books on Demand GmbH, In de Tarpen 42, 22848 Norderstedt
Druck: Libri Plureos GmbH, Friedensallee 273, 22763 Hamburg
ISBN: 978-3-7693-0299-8

INHALT

KAPITEL 1:

ℕEUE 𝔅EKANNTSCHAFT

𝔇ie Dunkelheit umhüllt die Stadt wie ein Leichentuch, und ich, Samuel Hellsworth, wandere wie so oft erneut durch die Schatten dieser verdammten Stadt, meine Dolche in den Händen, glänzend im fahlen Licht des Mondes. Meine Augen, gewöhnt an die Finsternis, durchbohren die Nacht, während ich die Präsenz der Dämonen spüre, die sich in den versteckten Ecken der Welt verbergen.

Ich bin kein gewöhnlicher Mann. Nein, ich bin ein Jäger, ein Vernichter der finstersten Kreaturen, die sich auf der Erde und in den Tiefen der Hölle verbergen. Nach meiner Konfrontation mit Luzifer, dem ersten Prinzen der Hölle, hat sich etwas in mir verändert. Luzifers Seele hat mich verändert. Solltest du nicht wissen was geschehen ist, so besorge dir den ersten Band. Ich werde dir hier jetzt nicht alles haarklein erzählen. Nur so viel: Luzifer ist tot und ich habe seine Seele in mir. Dadurch bin ich nun stärker, mächtiger, und ja, ich gebe es ja schon zu, vielleicht sogar noch ein wenig überheblicher geworden. Warum sollte ich es denn auch nicht sein? Ich habe gegen den gefallenen Engel selbst bekämpft und überlebt! Ich habe es mir verdient überheblich und selbstverliebt zu sein!

Die Dämonen, sie fürchten mich nun, und das zu Recht. Mit jedem Schritt, den ich auf den feuchten Asphalt setze, kann ich ihre Angst spüren, ihre Unsicherheit. Sie wissen, dass ich komme, und sie zittern vor mir und meiner Macht.

Ein knurrendes Geräusch durchbricht die Stille der Nacht, und ich drehe mich schnell um, gerade rechtzeitig, um die Klauen eines heranstürmenden Dämons zu parieren. Seine Augen glühen vor Hass, aber auch vor Angst. Und ich ... ich grinse nur. Ein niederer Dämon, der keinerlei Gefahr für mich darstellt. Es wird nicht mal ein Spaß werden. Sie fallen einfach viel zu schnell ...

»Ja, du sollst Angst vor mir haben.«, sage ich leise zu ihm, während ich mit einer fließenden Bewegung meine Dolche schwinge. Die beiden scharfen Klingen zischen durch die Luft und schlitzen den Dämon auf. Er fällt röchelnd zu Boden und sein Körper zerfällt, wie schon unzählige vor ihm, zu Asche und Staub. Sie vermischen sich mit dem nächtlichen Nebel. Ein Dämon weniger auf dieser Welt. Ich zücke ein Tuch aus meinem Ledermantel und wische meine Waffen an diesem ab.

Ich habe keine Angst vor diesen Kreaturen. Sie sind absolut nichts im Vergleich zu den Prinzen der Hölle, die ich jage. Sind nichts im Vergleich zu mir selbst. Mammon, der nächste auf meiner Liste, wird bald erfahren, was es bedeutet, sich mit einem Jäger wie mir anzulegen. Ich werde ihn finden und ich werde ihn vernichten. Ich werde seine schwarze Dämonenseele absorbieren, genau wie ich es mit Luzifer getan habe. Sie wird mich erneut mächtiger machen.

Die Stadt hinter mir lassend, trete ich in die Dunkelheit jenseits ihrer Grenzen, meine Sinne scharf, meine Entschlossenheit unerschütterlich. Mammon, die Verkörperung der Gier, wird schon bald fallen, und ich höchstpersönlich werde ihn zu Fall bringen.

Die Nacht ist noch jung, und ich habe weitere Arbeit vor mir. Mammon wird nicht einfach zu finden sein, und ich weiß, dass er mich genauso jagt, wie ich ihn jage. Aber das ist schon in Ordnung. Ich will, dass er kommt. Ich will, dass er die Angst spürt, die er so vielen anderen zugefügt hat.

Doch vor Mammon werden noch so einige seiner Höllendiener fallen. Dieser eine, den ich gerade erledigt habe, war nur ein Teil seiner Vorhut. Ich habe ein ganzes Nest von diesen Viechern ausgemacht. ›Schattenkriecher‹ nenne ich diese Art von Dämonen, denn sie bewegen sich mit einer unheimlichen Geschicklichkeit durch die Dunkelheit, als wären sie ein Teil davon. Einzeln sind sie nichts, aber wenn sie in einer Gruppe angreifen, muss ich mich doch etwas bemühen.

Die kalte, leere U-Bahn-Station empfängt mich mit dem Echo meiner eigenen Schritte. Die Dunkelheit ist fast greifbar, und die Stille drückt schwer gegen mein Trommelfell. Einige Neonlichter flackern noch, werfen gespenstische Schatten auf den schmutzigen Betonboden. Die U-Bahn-Gleise vor mir sind verlassen, keine Bahn in Sicht. Das Zischen der letzten U-Bahn liegt schon eine Ewigkeit zurück. Nachts fahren in meiner Stadt wenige Züge, aber ich brauche gerade auch keinen. Mein Ziel befindet sich tief unter der U-Bahn-Station selbst.

Ich öffne eine Wartungstür und steige vorsichtig die Treppen hinab, meine Augen scannen die

Dunkelheit, suchen nach jedem Zeichen von Bewegung. Das metallische Echo meiner Schritte vermischt sich mit dem fernen Rauschen der Stadt oberhalb. Hier unten scheint die Welt anders zu sein, isoliert, fast vergessen.

Eine weitere Tür. Der U-Bahn-Tunnel vor mir öffnet sich wie das Maul eines riesigen Ungeheuers. Ich weiß, das ist der Ort, an dem die Dämonen lauern, die Kreaturen, die sich im Schatten verbergen und auf ihre nächste Beute warten. Meine Hände umklammern fester den Griff meiner beiden Dolche. Sie sind kalt und schwer in meinem Griff, eine stetige Erinnerung an die Gefahren, die vor mir liegen.

Die nächste U-Bahn kommt erst in zehn Minuten. Zehn Minuten, in denen alles passieren kann. Zehn Minuten Einsamkeit in dieser städtischen Krypta. Zehn Minuten Zeit um den durch die Kreaturen gegrabenen Tunnel zu finden. Ich bin hier, um das Nest dieser Schattenkriecher auszuheben, die sich tief unter meinen Füßen eingenistet haben.

Mit jedem Schritt tiefer in den Tunnel spüre ich, wie sich die Dunkelheit um mich herum verdichtet. Meine Sinne sind aufs Äußerste angespannt, jedes kleine Geräusch lässt mich aufhorchen. Die Luft wird kühler, und der leichte Geruch von Schmieröl und Rost mischt sich mit dem fauligen Atem, der aus der Tiefe zu kommen scheint.

Die Dunkelheit ist mein Reich, mein Kampfplatz. Hier, in der Tiefe der Stadt, wo das normale Leben keinen Einfluss mehr hat, fühle ich mich paradoxerweise am lebendigsten. Hier, umgeben von Gefahr und Tod, weiß ich, wer ich bin und was ich tun muss. Also gehe ich weiter, tiefer in den Schlund, bereit, das Böse zu konfrontieren, das in der Dunkelheit lauert. Dies ist meine Jagd.

Endlich sehe ich ihn, den niedrigen Tunnel, den sie durch das Erdreich gegraben haben. Er liegt rechts vor mir wie ein dunkler Schlund, der nach Verderben schreit. Die kühle, stickige Luft ist durchdrungen vom beißenden Geruch der Verwesung und ein Hauch von Schwefel – ein untrügliches Zeichen, dass hier Dämonen sind. Ich lasse den letzten Schimmer des menschlichen Territoriums hinter mir, die U-Bahn, die Geräusche der Zivilisation, alles.

Mit jedem Schritt, den ich tiefer in diesen selbst gegrabenen Abgrund der Kriecher voranschreite, verstärkt sich das unheimliche Gefühl der Isolation. Die Wände des Tunnels sind rau, von den Klauen der Dämonen zerfurcht, ein ständiges Mahnmal ihrer Anwesenheit. Nur mein Atem und das gelegentliche Knirschen von Schutt unter meinen Füßen durchbrechen die drückende Stille.

Hier unten zählt nichts außer dem Überleben und der Vernichtung. Jeder meiner Sinne ist geschärft, mein Körper angespannt wie eine Feder, bereit, jederzeit zuzuschlagen. Die Dunkelheit hier ist vollständig, verschlingend, aber ich lasse mich davon nicht einschüchtern. Ich kenne die Dunkelheit, ich habe sie umarmt, und sie ist ein Teil von mir geworden. Diese Dämonenart ist heimtückisch, schnell und in einer größeren Gruppe überaus tödlich. Doch ich bin mehr als vorbereitet.

Plötzlich, ein Rascheln. Ein flüchtiger Schatten huscht an der Peripherie meines Sichtfelds vorbei. Reflexartig drehe ich mich, meine Dolche bereit zum Stoß. Meine Augen durchdringen die Dunkelheit, suchen nach Bewegung, nach dem funkelnden Glanz ihrer Augen. Plötzlich springt mich einer dieser verfluchten Schattenkriecher aus der Dunkelheit heraus an, seine Klauen nach mir ausgestreckt, doch ich bin wie immer schneller. Mit einer schnellen Bewegung meines linken Dolches ist auch er nur noch Geschichte. Seine Essenz zerstreut sich in der Dunkelheit. Doch ich weiß, dass es hier unten noch sehr viel mehr geben wird, unzählige mehr.

Ich bewege mich weiter, tiefer in das Nest hinein, und mit jedem Schritt, den ich mache, kann ich die Anwesenheit von mehr und mehr Dämonen spüren. Sie sind überall um mich herum, in den Schatten lauernd, wartend auf den richtigen Moment, um heimtückisch zuzuschlagen. Aber ich werde ihnen diesen Moment nicht geben. Ich fürchte nichts. Ich bin bereit.

Ein weiterer Schattenkriecher springt aus der Dunkelheit, gefolgt von einem anderen und noch einem. Ich bewege mich in einem anmutigen Tanz des Todes, meine Dolche finden immer wieder ihr Ziel, während ich mich durch sie hindurchschneide, meine Bewegungen fließend und überaus tödlich.

Doch trotz meiner Fähigkeiten, meiner Stärke, kommen sie schneller aus den Schatten als ich sie erledigen kann. Es werden langsam zu viele. Ich finde mich nach kurzer Zeit umzingelt, Schattenkriecher auf allen Seiten. Ich kann ihre fauligen Atemzüge spüren. Kann sehen, wie sie ihre Klauen nach mir ausstrecken und ich weiß, dass ich nicht ewig so weitermachen kann.

Aber ich werde auf keinen Fall aufgeben. Nicht jetzt. Nicht hier. Niemals! Mit einem lauten Schrei entfessele ich die Macht von Luzifers Dämonenseele in mir.

Eine Welle dunkler Energie durchströmt mich, die meine Reflexe beschleunigt und meine Kräfte maximiert. Mit der Hilfe meiner Silberdolche verbrenne ich jeden einzelnen Dämon, der sich mir in meinen Weg stellt. Ich kann ihre erstickten Schreie hören, während ich ihre Kehlen durchschneide. Ihre Seelen, nun ja ... die kümmerlichen Reste ihrer Seelen, verbrennen durch das Silber ... und ich fühle eine tiefe, dunkle Befriedigung bei jedem einzelnen ihrer Tode.

Nachdem die Nacht sich beruhigt hat und die Dunkelheit mich erneut umhüllt, stehe ich einsam da, umgeben von den Überresten jener Dämonen, die es wagten, mir entgegenzutreten. Asche und Staub bedecken den Boden, durchsetzen die Luft um mich herum. Zwar haben mich ihre Krallen und Fangzähne leicht verletzt, doch besiegt bin ich keineswegs. Nicht einmal annähernd.

Ich werde immer weitermachen. Mit neuer Entschlossenheit mache ich mich wieder auf den Weg, noch tiefer in das Herz der Dunkelheit, tiefer in ihr Nest, bereit, alles zu vernichten, was sich mir in den Weg stellt.

Mein Herz pocht in meiner Brust, als ich vor einer massiven, eisenbeschlagenen Tür stehe, die mich vom vermeintlichen Nest der Schattenkriecher trennt. Ich kann hinter ihr ihr Flüstern durch das Holz hören, ihre gierige Erwartung, ihre Freude am bevorstehenden Kampf. Sie wissen genau, dass ich hier bin und sie freuen sich auf den bevorstehenden

Kampf. Dumme Kreaturen ... sie wissen nicht was sie erwartet ...

Ich umklammere meine Dolche fest und trete die Tür auf. Sie fliegt mit einem lauten Krachen auf, und ich stürme hinein. Ich und meine Waffen sind bereit. Ich bin immer bereit.

Die Horde der Schattenkriecher kommt sofort auf mich zu, ihre Klauen nach meiner Seele ausgestreckt, aber ich bin schneller. Mit präzisen, tödlichen Bewegungen schneide ich durch sie hindurch, einer nach dem anderen, auch ihre Körper zerfallen in der Dunkelheit.

Ich habe mein restliches Waffenarsenal zu Hause gelassen. Das hier sind nur niedere Dämonen, für diesen Abschaum brauche ich es nicht. Ich brauche nur meine beiden Dolche, die ich immer bei mir führe, sie sind geschmiedet aus reinem Silber. Sie haben mir schon im Kampf gegen Luzifer gute Dienste geleistet, auch wenn sie zu schwach waren um ihn zu besiegen.

Nachdem ich bereits an die zwei Dutzend von ihnen erledigt habe, tritt plötzlich eine Frau aus den Schatten, ihre Augen hart und kalt, ihre Bewegungen geschmeidig und tödlich. Ohne ein Wort zu sagen, greift sie die Dämonen an, ihr eigenes Schwert blitzt im schwachen Licht des Nestes, während sie durch die Kreaturen hindurch tanzt. Mühelos erledigt sie eine nach der anderen.

Ich beobachte sie einen Moment lang, beeindruckt von ihrer Geschicklichkeit, bevor ich mich wieder dem Kampf zuwende. Ein weiteres Dutzend der Dämonen fällt unter meinen Dolchen, ihre Seelen schreien auf, als sie verbrennen.

Als der letzte verbleibende Dämon fällt, bleibe ich stehen. Ich atme schwer, mein Körper ist von Adrenalin durchflutet. Die Frau blickt zu mir auf, ihre Augen funkeln mit einer Mischung aus Respekt und Herausforderung.

Ich nicke ihr anerkennend zu. »Gute Arbeit.« Sie erwidert das Nicken, senkt ihre Waffe, bleibt jedoch wachsam, das ist offensichtlich. »Ebenso.« erwidert sie kurz. Wir stehen nun da, in der Stille des Nestes, umgeben von den noch qualmenden Überresten der Dämonen, die wir gerade erledigt haben, und ich spüre, dass dies der Beginn von etwas Neuem ist. Etwas, das ebenso gefährlich ist wie die Kreaturen, die wir gerade besiegt haben.

Wer ist sie nur?

Die Stille, die auf das Gemetzel folgt, war fast ohrenbetäubend, nur durchbrochen von unserem schweren Atem. Ich stecke schließlich meine Dolche weg und mustere die Frau vor mir. Ihre Augen sind von einem tiefen Blau, das auch im schummrigen Licht des Dämonennests zu leuchten scheint. Ihre Haare, schwarz wie die Nacht, fallen ihr locker über die Schultern. Und sie war eine Schönheit, keine Frage, aber es ist ihre Ausstrahlung von Stärke und Selbstbewusstsein, die mich wirklich beeindruckt.

»Ich bin Samuel Hellsworth«, beginne ich, meine Stimme ruhig und sicher, »aber du kannst mich Sam nennen. Und du bist?«

»Beatrice«, antwortet sie knapp, steckt ihr Schwert mit einer fließenden Bewegung weg. »Beatrice Moreau.«

Ich lächele, ein charmantes, selbstsicheres Lächeln, das ich im Laufe der Jahre perfektioniert habe. »Nun, Beatrice Moreau, ich muss sagen, es ist nicht oft, dass ich jemanden treffe, der so gut mit einem Schwert umgehen kann, wie ich. Und noch dazu so wahnsinnig gut aussieht.«

Sie schaut mich an, ein amüsiertes Lächeln umspielt ihre Lippen. »Ich könnte exakt dasselbe von dir sagen, Sam. Obwohl ich zugeben muss, dass ich nicht oft jemanden treffe, der so offen mit Komplimenten um sich wirft.«

Ich zucke mit den Schultern, mein Lächeln unverändert. »Ich sage nur, was ich denke, Beatrice. Und ich denke, wir könnten ein ziemlich gutes

Team abgeben.«

Sie sieht mich einen Moment lang prüfend an, dann nickt sie langsam. »Vielleicht. Aber ich arbeite normalerweise alleine.«

»Das tue ich normalerweise auch«, erwidere ich, »aber manchmal kann es hilfreich sein, einen Verbündeten zu haben. Besonders, wenn man gegen die Horden der Hölle kämpft. Was führt dich eigentlich hier her in dieses Nest?«

Sie seufzt, scheint einen Moment nachzudenken, und dann nickt sie. »Das ist eine längere Geschichte ... wie wäre es mit einem Kaffee?«

Ich bin überrascht, aber mein Lächeln wird nur breiter. »Ich dachte schon, du würdest nie fragen.«

Wieder auf der Oberfläche finden wir unweit der U-Bahn-Station ein kleines Café, das trotz der späten Stunde noch geöffnet hat und setzen uns in eine ruhige Ecke, weit entfernt von den wenigen anderen Gästen. Der Kaffee, schwarz, stark und bitter, ist genau das, was ich nach diesem Kampf brauche, und ich lehne mich zurück, versuche den Duft zu genießen, bevor ich einen Schluck nehme. Irgendwie schmeckt er anders, nicht so wie sonst. Was sind das nur für eklige Bohnen?

Beatrice sieht mich über ihre eigene Tasse hinweg an, ihre Augen nachdenklich. »Also, Sam, was ist deine Geschichte?«

Ich zucke mit den Schultern, mein Blick unverändert selbstsicher. »Nicht viel zu erzählen, wirklich. Ich jage Dämonen, töte sie, und dann jage ich noch mehr von ihnen. Es ist ein ziemlich einfacher Lebensstil, wenn du mich fragst.«

Sie lacht, ein warmes, melodisches Geräusch, das die Schwere des Abends für einen Moment vertreibt. »Ich bezweifle, dass es wirklich so einfach ist, wie du es jetzt darstellst.«

Ich zucke mit den Schultern. »Vielleicht nicht. Aber ich bin gut in dem, was ich tue, und ich genieße es. Das ist mehr, als die meisten Leute von ihren Jobs sagen können.«

Sie nickt, ihr Blick wird ernster. »Das ist wahr. Aber es ist auch ein gefährlicher Lebensstil. Einer, der dich eines Tages umbringen könnte.«

Ich lehne mich vor, mein Blick intensiv. »Jeder Tag könnte unser letzter sein, Beatrice. Ich habe beschlossen, meine Tage damit zu verbringen, diese Welt von den Kreaturen zu befreien, die sie zerstören wollen. Wenn das bedeutet, dass ich eines Tages sterbe, dann sei es so. Ich werde wissen, dass ich mein Bestes getan habe.«

Sie sieht mich einen Moment lang an, dann nickt sie langsam zustimmend. »Ich kann das respektieren, Sam. Und ich fühle ähnlich. Aber das bedeutet nicht, dass ich vor meinem Ende nicht noch so viele dieser Bastarde wie möglich mitnehmen werde.«

Ich hebe meine Tasse in einer stillen Toastgeste. »Darauf können wir uns einigen, Beatrice.«

Wir sitzen noch eine Weile da, trinken unseren Kaffee, reden. Und ich kann nicht anders, als das Gefühl zu haben, dass dies der Beginn einer interessanten Partnerschaft sein könnte. Beatrice hat Feuer, sie hat Fähigkeiten, und sie hat eine klare Mission. Vielleicht sind wir wirklich gar nicht so verschieden.

Beatrice starrt in ihren Kaffee, ihre Augen trüb, als ob sie in eine andere Welt blickten. »Meine Familie«, beginnt sie, mit einer Stimme, die einen Hauch von Melancholie trägt, »wurde seit Generationen von Dämonen verfolgt ... oder besser gesagt, verflucht ...«

Ich lehne mich zurück, mein Interesse war ohne Zweifel geweckt, aber meine Miene bleibt neutral. »Verflucht?«, wiederhole ich, meine Stimme sanft, um sie nicht aus ihren Gedanken zu reißen.

Sie nickt, ihre Augen finden meine, und für einen Moment sehe ich den Schmerz, der darin verborgen liegt. »Ja. Vor vielen Generationen hat ein

Vorfahre von mir einen Pakt mit einem Dämon geschlossen. Als er brach, verfluchte der Dämon meine Familie. Seitdem werden wir von diesen Kreaturen verfolgt und getötet, wo immer sie uns finden können.«

Ich runzle die Stirn, mein Blick wird ernster. »Das ist wahrlich eine schwere Bürde, Beatrice.«

Sie zuckt mit den Schultern, eine Mauer baut sich in ihren Augen auf. »Es ist das, was es ist, Sam. Ich habe mein Leben dem Kampf gegen diese Kreaturen gewidmet, so wie du.«

Ich nicke ihr zu, mein Blick wandert zu meinem eigenen Kaffee. »Ich hab' eine etwas andere Geschichte, in der jedoch auch Dämonen involviert sind. Meine Eltern wollten mich als Baby der Hölle opfern ...«, sage ich leise »Doch ich habe überlebt. Aber der Dämon hat einen Teil von mir mit in die Hölle genommen. Durch diese Verbindung mit der Hölle kann ich die Dämonen in ihrer Menschenform sehen und jage sie seitdem ich denken kann ...«

Beatrice sieht mich an, ihre Augen weiteten sich leicht, aber sie sagt nichts, wartet anscheinend darauf, dass ich fortfahre. Ich jedoch erzähle nicht weiter und warte weiter ab, wie sie reagiert. Sie nickt langsam, ihre Augen prüfen mich, als ob sie die Wahrheit meiner Worte abwägen würde. »... das erklärt so einiges, Sam ...«

»Ich habe dir gesagt, ich bin gut in dem, was ich tue.«

Sie lacht, und für einen Moment ist der Schmerz in ihren Augen verschwunden. »Das bist du, Sam. Das bist du wirklich.«

So sitzen wir hier, zwei einsame Krieger, getrieben von unseren eigenen Dämonen und ich kann nicht anders, als das Gefühl zu haben, dass wir, trotz unserer Unterschiede, mehr gemeinsam haben, als es auf den ersten Blick schien. Mehr als jeder von uns Beiden zugeben möchte. Ich fühle eine Verbindung zu Beatrice, eine, die ich nicht ganz verstehe, aber ich bin weiterhin vorsichtig. Ich habe Feinde an jeder Ecke, und ich kann es mir nicht leisten, blind zu vertrauen, auch nicht ihr.

Aber für den Moment, in dieser kleinen Café-Ecke, umgeben von der Dunkelheit der Nacht, fühle ich etwas, das ich schon so lange nicht mehr gefühlt habe.

Beatrice spielt mit ihren Kaffeebecher, ihre Finger tanzen leicht über den Rand, während sie mich mit einem sanften, aber bestimmten Blick mustert. »Sam«, beginnt sie, ihre Stimme sanft, »ich habe gesehen, wie du kämpfst, und ich weiß, dass du stark bist. Stark genug, um mir vielleicht bei etwas zu helfen.«

Ich lehne mich zurück und meine Augen treffen ihre, aber ich sage nichts.

Sie atmet tief durch, ihre Augen flackern für einen Moment unsicher. »Es ist mein Bruder. Er ist von einem starken Dämon besessen, und ich ... ich kann ihn nicht alleine retten. Ich denke, du wärst mir eine große Hilfe dabei.«

»Ich habe Erfahrung, ja. Aber warum sollte ich dir helfen, Beatrice? Was ist drin für mich?«

Sie zögert, dann sagt sie leise: »Nun. Ich kann dich natürlich auch bezahlen, dachte jedoch, dass wir uns auch so einig werden könnten. Ich habe eine Schwäche für starke Männer.« Dabei spüre ich ihr Bein an meinem hochfahren.

Ich ziehe meine rechte Augenbraue hoch. Ja, mein Interesse ist geweckt. »Ein Glück für dich, dass Dämonenjagen meine Leidenschaft ist. Nun gut. Es gibt Dämonen zu erledigen, also werde ich dir auch helfen.« Flüsternd fügte ich noch an: »Aber jetzt nimm bitte deinen Fuß von meinem Ding, bevor noch alle hier mitbekommen, was du hier machst und wir hinausgeworfen werden. Ich habe noch Kaffee in meinem Becher ...«

»Aber ich spüre doch, dass es dir gefällt, mein Großer.« Das scheint ja eine schöne Zeit für mich zu werden. Dämonenjagt und eine hübsche Frau an meiner Seite. Was kann ich mir denn mehr wünschen? Wobei ... Ich betrachte sie einen Moment lang, meine Gedanken wirbeln. Sie ist stark, das habe ich gesehen, und sie hat Informationen, die ich vielleicht brauchen kann. Aber kann ich ihr wirklich vertrauen?

»Dafür werden wir schon Zeit finden. Aber nicht jetzt und auf keinen Fall hier in der Öffentlichkeit ... Aber ja, ich werde dir und deinem Bruder helfen.«

»Ok ... danke, Sam.«

Ich winke ab, mein altes, überhebliches Lächeln zurück auf meinen Lippen. »Spar dir deinen Dank, Beatrice. Ich mache das nicht für dich. Ich mache das für mich.«

»Das ist in Ordnung, solange wir am Ende das bekommen, was wir wollen, ist es mir egal, warum du hilfst.«

Ich stehe auf, trinke den Rest meinen Kaffees aus und werfe ein paar Scheine auf den Tisch, um unsere Kaffees zu bezahlen. »Dann haben wir einen Deal, Beatrice. Lass uns gehen und deinen Bruder retten.«

Wir verlassen das Café und draußen auf den Straßen der Stadt umhüllt und die Dunkelheit der Nacht. Ich habe diesen komischen Geschmack des Kaffees noch immer in meinem Mund, wieso nur schmeckt deren Kaffee so widerlich?

Die Straßen der Stadt sind in ein unruhiges Flüstern gehüllt, als Beatrice und ich langsam durch die Dunkelheit schreiten. Ich kann es spüren, das leise Ziehen der Gier, das durch die Gassen wabert. Sie beeinflusst die Menschen, bringt sie dazu, mehr zu wollen, mehr zu nehmen, als sie brauchen. Mammons Einfluss ist hier, und er ist stark.

»Siehst du es, Sam?«, murmelt Beatrice, ihre Augen auf die Menschen gerichtet, die an uns vorbeigehen. Ihre Gesichter sind von Verlangen verzerrt.

»Ich sehe es. Mammon ist hier, irgendwo. Und er ist mächtig.«

»Wir müssen ihn finden, Sam. Bevor es zu spät ist.«

»Das werden wir, Beatrice. Aber zuerst müssen wir mehr über ihn herausfinden. Über seine Methoden, seine Schwächen.«

Sie runzelt die Stirn. »Wie sollen wir das anstellen?«

Ich ziehe mein Handy heraus, wähle eine Nummer. Eine Nummer, von der ich nie gedacht hätte, sie wirklich zu wählen. »Ich kenne da jemanden ...«

Gregorys Stimme am anderen Ende der Leitung ist leicht misstrauisch, aber dennoch interessiert. »Sam. Was für eine freudige Überraschung. Ich dachte schon du meldest dich gar nicht mehr bei mir.«

Ich verziehe mein Gesicht, obwohl ich weiß, dass er es nicht sehen kann. »Spar dir den Small-talk, Gregory. Ich brauche Informationen.«

Er lacht, ein kurzes, hartes Lachen. »Wie immer kommst du direkt zur Sache, hm? Aber gut, schieß los, was brauchst du, Sam?«

»Ich brauche Informationen zum Höllenprinzen der Gier«, antworte ich knapp. »Alles, was du hast.«

Es herrscht einen Moment lang Stille, dann seufzt Gregory. »Der Höllenprinz der Gier ... Mammon, hm? Er ist mächtig, Sam, und gefährlich. Seine Kräfte sind stark, besonders in einer Stadt wie der unseren, wo die Menschen so leicht von Verlangen überwältigt werden können.«

»Ich weiß. Ich kann seinen Einfluss spüren. Aber wie stoppe ich ihn?«

Gregory zögert, dann sagt er: »Mammon zieht seine Macht aus der Gier der Menschen, Sam. Wenn du ihn schwächen willst, musst du die Menschen von seinem Einfluss befreien.«

Ich schnaube. »Danke Captain Obvious ... Ein-facher gesagt als getan ...«

Er lacht wieder, diesmal jedoch weicher. »Ich habe nie gesagt, dass es einfach wäre, Sam. Aber du bist doch derjenige, der Luzifer getötet hat. Wenn jemand Mammon stoppen kann, dann bist du es. Ich versuche mehr herauszufinden und lasse sie dir dann schicken.«

Ich lege auf, ohne mich zu verabschieden, und wende mich an Beatrice. »Wir müssen den Einfluss auf die Menschen brechen, wenn wir den Fürsten schwächen wollen.«

»Dann lass uns das tun, Sam. Lass uns diesen Prinzen töten.«

Es ist früh am Morgen, die Stadt ist in Aufruhr, ein pulsierendes Gewirr aus Lichtern, Lachen und der unverkennbaren Schwere von Gier, die in der Luft hängt. Plakate und Banner kündigen das bevorstehende Stadtfest an, eine Veranstaltung, die inmitten von Mammons Einfluss wie ein dunkler Fleck auf der Landschaft wirkt.

»Das Fest«, murmele ich, während meine Augen von dem Plakat weg auf die Menschen wandern, die sich durch die Straßen bewegen, »wird ein Schmelztiegel für die Gier sein.«

Beatrice, neben mir, nickt, ihre Augen ebenso dunkel und ernst. »Es wird gefährlich werden.«

Ich zucke mit den Schultern, ein schiefes Lächeln auf meinen Lippen. »Gefahr ist mein zweiter Vorname, Beatrice.«

Sie sieht mich an, ein leichtes Lächeln umspielt ihre vollen Lippen, obwohl ihre Augen ernst bleiben.

»Und Überheblichkeit dein erster?«

»Du lernst wirklich schnell.«

Wir bewegen uns weiter durch die Straßen, unsere Sinne geschärft, unsere Waffen verborgen, aber leicht erreichbar. Das Fest, mit seinen Lichtern, seiner Musik und seiner scheinbaren Fröhlichkeit, ist eine perfekte Tarnung für Mammon, für die Dunkelheit, die darunter lauert.

»Mein Bruder«, sagt Beatrice leise, ihre Stimme kaum hörbar über das Getöse der Menge, »er ist von einem Gier-Dämon besessen. Er könnte dort auf dem Fest sein, nicht wahr?«

Ich nicke, mein Blick fest auf den Horizont gerichtet. »Vielleicht. Das Fest ist der perfekte Ort für die Dämonen um sich zu stärken, und dein Bruder könnte ein Werkzeug dafür sein, wenn ihn eines dieser Mistviecher in seiner Gewalt hat.«

Sie schluckt hörbar, aber als ich sie ansehe, ist ihre Miene fest und entschlossen. »Dann müssen wir ihn finden und retten, Sam. Egal, was es kostet.«

Ich nicke. »Ja, das werden wir, wenn er dort ist … Aber ich irre mich nur selten.«

KAPITEL 2:

DAS FEST DER GIER

Die Straßen sind mit bunten Lichtern und Girlanden geschmückt, die Menschen, obwohl von einer unsichtbaren Dunkelheit beeinflusst, lachen und feiern. Sie wissen nichts von der Bedrohung, die unter ihnen lauert. Beatrice und ich, wir stehen etwas abseits, beobachten das Treiben mit misstrauischen Blicken.

»Wir werden wohl mehr brauchen als nur unsere Dolche, wenn wir gegen die ganzen Dämonen hier antreten wollen. Ich denke, dass auch höhere Dämonen hier sein werden!«, murmele ich, meinen Blick fest auf die feiernde Menge gerichtet.

Beatrice nickt, ihre Augen ebenso ernst. »Ich habe ein paar Tricks im Ärmel, aber ich fürchte, es wird nicht genug sein.«

Ich drehe mich zu ihr um, ein schiefes Lächeln auf meinen Lippen. »Dann ist es gut, dass du mich an deiner Seite hast, Beatrice. Ich habe mehr als nur ein paar Tricks im Ärmel.«

Ihr Blick trifft meinen, und für einen Moment sehe ich etwas anderes darin, etwas, das ich nicht ganz deuten kann. Dann auf einmal ist es weg, und sie nickt. »Ich denke wir werden Zeit haben. Die Dämonen werden wohl erst wieder nachts aktiv werden. Bitte führe mich zu deinen Waffen, Sam.«

Mein Zuhause ist wahrlich bescheiden, aber ein Raum in meiner Wohnung sticht heraus. Meine Waffenkammer. Sie ist ein Ort der Ruhe für mich, ein Ort, an dem ich mich in der Sicherheit der kalten, tödlichen Instrumente verlieren kann, die mich umgeben. Beatrice tritt hinter mir ein. Ihre Augen weiten sich unwillkürlich bei dem Anblick der Wände, die von Waffen aller Art gesäumt sind.

»Du hast keine Scherze gemacht, als du sagtest, du wärst vorbereitet, hm?«, murmelt sie, während ihre Finger sanft über die polierten Griffe einer Reihe von Dolchen und Schwertern streichen.

Ich zucke mit den Schultern, habe mein selbstgefälliges Grinsen auf meinen Lippen. »Ich bin immer vorbereitet, Beatrice. Das ist der Grund, warum ich noch am Leben bin.«

Sie lacht leise und ihre Augen funkeln im gedämpften Licht der Kammer. »Und hier dachte ich, es wäre dein charmanter Witz.«

Ich kann nicht umhin zu lachen, während ich zu einer speziellen Waffe greife. Meine AF2011-A1. Sie ist eine 1911 im Kaliber .45 mit zwei Läufen nebeneinander. Sie ist kein Kinderspielzeug, sie ist ein Kunstwerk, ein Meisterwerk von Präzision und Schönheit. »Oh, die Knarre hilft definitiv«, sage ich, während ich ein paar Extra-Magazine in meine Tasche stecke. »Diese Schönheit hier hat mir schon ein paar Mal den Hintern gerettet. Aber ich nehme mir lieber ein paar Extra-Magazine mit ... nicht, dass ich wieder ohne Munition dastehe, wie das letzte Mal ...«

Beatrice tritt an meine Seite. Ihre Augen sind auf die gewaltige Pistole in meiner Hand gerichtet. »Sie sieht wirklich so aus, als könnte sie einiges austeilen ...« Sie streicht langsam mit ihren Fingern über ihre Oberfläche »... und sie sieht aus, als hätte sie bereits viel erlebt ...«, sagt sie, während ihre Finger über die Schrammen auf dem Lauf fahren.

Ich nicke, während ich die Pistole in einen verdeckten Holster an meiner Seite schiebe. »Oh ja ... sie hat mir schon mehrfach gute Dienste geleistet! Im Kampf gegen Luzifer ist mir jedoch leider die

Munition ausgegangen. Das wird mir so schnell nicht noch einmal passieren ...«

»Luzifer? Dein Ernst?« Ich nicke ihr nur kurz zu und sage nichts weiter dazu. Ihre Hand streicht über eine Reihe von Faustfeuerwaffen, bevor sie eine kompakte Glock G43 im Kaliber 9 mm aufhebt und ihre Hand mit einer vertrauten Leichtigkeit um den Griff legt. »Ich bevorzuge etwas Kompakteres für den verdeckten Gebrauch«, sagt sie, während sie das Holster an ihren Gürtel befestigt und die Waffe darin verstaut.

»Bist du bereit für das, was kommt, Beatrice?«

Sie sieht mich an, ihre Augen fest und unerschrocken. »Ich bin so bereit, wie ich je sein werde, Sam.«

Ich nicke, drehe mich um und führe den Weg aus der Waffenkammer. Meine Gedanken wirbeln um das, was vor uns liegt. »Dann lass uns gehen und nach deinem Bruder suchen. Vielleicht ist er auf dem Fest bei den Dämonen.«

Die Schritte hallen durch den schmalen Korridor meiner Wohnung, während wir uns dem Ausgang nähern. Beatrices Augen wandern neugierig umher, verweilen auf den wenigen persönlichen Gegenständen, die ich besitze. Als wir an meinem Schlafzimmer vorbeigehen, mit meinem, wie immer ungemachten Bett und den auf dem Bett und dem

Boden verstreuten Kissen, verlangsamt sie ihre Schritte und ein schelmisches Grinsen umspielt ihre Lippen.

»Also, Sam«, beginnt sie, ihre Stimme sanft und eindeutig suggestiv, »passiert hier oft etwas ... Interessantes?«

Ihre Augen funkeln im gedämpften Licht des Flurs, und sie wirft mir einen lüsternen Blick zu, der mich für einen Moment aus dem Konzept bringt. Mein Mund verzieht sich zu einem halbeherzigen Lächeln, während ich versuche, meine Fassung zu bewahren.

»Nicht wirklich ...«, erwidere ich, meine Stimme ruhig und kontrolliert, »... aber wir sind gerade auf einer Mission, erinnerst du dich?«

Sie tritt näher, ihre Finger streichen leicht über das Leder meiner Jacke. »Ich erinnere mich sehr gut, Sam. Aber das bedeutet nicht, dass wir nicht auch ein wenig Spaß haben können, oder? Das Fest hat noch nicht angefangen ...«

Ich fange ihren Blick auf, sehe das Feuer, das darin tanzt und für einen Moment bin ich versucht, aber irgendetwas tief in mir sträubt sich. Dann schüttle ich meinen Kopf, trete einen Schritt zurück, und mein Blick wird ernst.

»Du hast recht ... ich denke wir sollten wirklich etwas schlafen, bevor wir erneut auf die Jagd gehen

...« sage ich, während ich an ihr vorbei zu meinem Bett gehe. Ich spüre die Müdigkeit in mir. Ich bin immer nachts unterwegs und schlafe Tags. Dieser Rhythmus ist tief in mir verankert. Ich lasse mich auf mein Bett fallen. Meine Muskeln schmerzen und der Gedanke an ein paar Stunden ungestörten Schlafs ist wirklich verlockend ... ich kann nur hoffen, dass wir auf dem Fest nichts verpassen. »Ich bin ziemlich erledigt«, murmele ich, während ich mich auf die Seite drehte, um Beatrice anzusehen, die sich neben mich gelegt hat.

Sie lächelt leicht, ein schelmischer Ausdruck in ihren Augen, der mich sofort misstrauisch machte. »Ich auch, aber ich kann irgendwie nicht schlafen«, sage sie und rutscht näher zu mich heran. Ihre Hand findet meine Schulter und streichelt sie sanft. »Vielleicht kann ich dir helfen, zu entspannen«, flüstert sie, während ihre Hand von meiner Schulter abwärts wandert. Über meine Brust bis hinunter zu seinem Bauch und noch weiter. Ich spüre eine Welle der Hitze durch meinen Körper ziehen, angetrieben von ihrer Nähe und der Sanftheit ihrer Berührung.

Ich drehe mich auf den Rücken, mein Blick fällt auf ihr Gesicht, das im schwachen Lampenlicht leuchtet. »Beatrice, wir sollten wirklich etwas Schlaf bekommen ...«, sage ich, meine Stimme ist schwach, überlagert von dem Verlangen, das ich in ihrem Blick lesen kann.

»Keine Sorge. Wir werden schlafen«, versichert sie mir mit einem verführerischen Lächeln, »aber zuerst ...«

Bevor ich eine Antwort formulieren kann, neigt sich Beatrice zu mir herüber und ihre Lippen treffen die meinen in einem sanften, doch fordernden Kuss. Ein tiefsitzender Widerstand in mir schmilzt dahin, auch wenn eine innere Stimme noch zögert, sich ganz hinzugeben. Ihre Hände gleiten mit leisem Nachdruck über meinen Körper, und ich kann nicht anders, als auf ihre stille Einladung zu reagieren.

Die Geräusche der Stadt verblassen, die Welt schrumpft auf den Raum zwischen unseren Körpern. Ihre Finger zeichnen feurige Linien auf meiner Haut, und jedes ihrer Berührungen sendet Schockwellen durch mich. Die Luft um uns verdichtet sich, geladen mit unausgesprochenen Versprechen und der süßen Spannung unserer Nähe.

Die Zeit verliert ihre Bedeutung, während wir uns in der Stille dieses gestohlenen Moments verlieren. Unsere Bewegungen sind zögerlich, dann bestimmter, ein Tanz von Annäherung und Rückzug, bis schließlich die letzten Barrieren fallen und wir in einem stillen Crescendo der Zweisamkeit aufgehen, das mehr sagt, als Worte je könnten. In diesem heiligen Augenblick gibt es nur uns, nur dieses tiefe Verstehen und das Gefühl, vollkommen eins zu sein.

Schließlich, als sich unsere Atemzüge verlangsamen und unsere Hände zur Ruhe kommen, kuschelt Beatrice sich an meine Seite. Ihr Kopf ruht auf meiner Schulter und ein zufriedenes Lächeln spielt um ihre Lippen. »Jetzt können wir schlafen ...«, murmelt sie, ihre Stimme ein sanftes Summen in der Stille.

Ich antworte nicht, aber mein Arm umschließt sie, zieht sie näher an mich heran. In der Sicherheit ihrer Umarmung, mit einem Herzen voll unausgesprochener Worte, beginnt die Stille des Raums uns sanft in den Schlaf zu wiegen. Doch während Beatrice langsam in einen tiefen Schlaf fällt, kann ich zunächst nur wach daliegen und ihrem gleichmäßigen Atmen lauschen.

Die Wärme ihres Körpers gegen meinen erzeugt ein beruhigendes Gefühl, doch mein Geist ist unruhig. Ich betrachte ihr friedliches Gesicht im Licht, das durch Vorhänge in meiner Wohnung fällt. Was war es, das mich fast davon abgehalten hatte, ihre Nähe zuzulassen? Eine seltsame Zurückhaltung hatte mich ergriffen, ein Zögern, das tief in meinem Inneren zu wurzeln schien. Es war, als hätte eine unsichtbare Hand versucht, mich zurückzuhalten.

Das Nachdenken darüber, was diese Hemmung hätte sein können, führt mich durch verschlungene Gedankenpfade. Die Momente, die ich gerade mit Beatrice geteilt habe, waren echt und tief empfunden, und doch war da diese unerklärliche Barriere, ein Schatten, der sich über meine Gefühle legte. Es ist, als ob ein Teil von mir sich dagegen wehrt, zu tief zu empfinden, zu sehr zu binden – ein Instinkt, der mich schützen soll, aber vor was?

Das Grübeln über diese Fragen und die leise Sorge, die sie in mir wecken, halten mich eine Weile wach. Doch die Erschöpfung der Nacht und die beruhigende Präsenz von Beatrice neben mir beginnen schließlich ihren Tribut zu fordern. Meine Augenlider werden schwer, und langsam, fast widerstrebend, gebe ich dem Schlaf nach. Die letzten wachen Gedanken verweben sich mit der Dunkelheit, und ich gleite in einen unruhigen Schlaf, unvorbereitet auf die Herausforderungen, die die kommende Nacht bringen mag.

Das sanfte Grollen meines Magens und der stechende Bedarf nach Koffein reißen mich aus dem Schlaf. Der Tag war längst gewichen, und das fahle

Licht des frühen Abends sickert durch die Vorhänge. Ich blinzele, versuche die Schleier des Schlafes abzuschütteln und sehe neben mir Beatrice, die noch immer friedlich schlummert. Ihre ruhigen Atemzüge bilden einen starken Kontrast zu dem Wirbelsturm meiner Gedanken.

Ich streiche ihr sanft über das Haar, zögere einen Moment, bevor ich leise flüstere: »Beatrice, wach auf. Wir sollten los …« Ihre Augen flackern unter den geschlossenen Lidern, und nach einigen Sekunden öffnet sie sie langsam, ihr Blick noch verhangen vom Schlaf.

»Was, schon so spät?«, murmelte sie und gähnte leise, während sie auf die Uhr auf meinem Nachttisch schaut.

»Ja«, antworte ich, während ich mich nackt aus dem Bett schwinge. »Und ich brauche dringend einen Kaffee. Wir können auf dem Weg zum Fest etwas Essen und Trinken holen.«

Sie nickt, reibt sich ihre Augen und folgt mir schließlich aus dem Bett. Wir ziehen uns rasch an, die Stille zwischen uns gefüllt mit dem unausgesprochenen Echo des vergangenen Morgens. Ich spüre ihre Blicke auf mir, während ich mich anziehe, doch ich vermeide es, ihren Augen zu begegnen. Zu viele Fragen, zu viele Unsicherheiten – jetzt war nicht der Moment dafür.

Wir verlassen die Wohnung in die kühle Abendluft. Die Straßen sind belebt, die Stadt scheint aufzuwachen, genau wie wir. Wir schlendern zu einem kleinen Café, das ich kenne, nicht weit von unserer Route zum Fest entfernt. Der Duft von frisch gebrühtem Kaffee und gebackenem Brot hängt verführerisch in der Luft, als wir eintreten.

»Zwei schwarze Kaffees«, sage ich zum Barista, während Beatrice einen Blick auf die Auslage mit Gebäck wirft.

»Und vielleicht ein paar dieser Croissants?«, fragt sie, ihr Finger deutet auf das goldbraune Gebäck hinter der Glasscheibe.

»Klingt gut«, stimme ich zu und bezahle, bevor wir uns wieder auf den Weg zum Fest machen. Gierig nehme ich den ersten Schluck des Kaffees … und erneut schmeckt er mir nicht …

Die Geräusche des Festes, das Lachen und die Musik, dringen zu uns durch, ein bizarrer Gegensatz zur Dunkelheit, die wir zu bekämpfen vorhaben.

»Denkst du er ist wirklich hier und wir können den Bann brechen?«, fragt mich Beatrice leise. Ihre Stimme ist kaum hörbar über das Getöse um uns.

Ich sehe ihr tief in ihre Augen. »Ich denke ja. Wenn nicht wir, wer dann?«

Sie nickt mir leicht zu und ihre Schultern straffen sich. Sie tritt nahe neben mich und ich kann ihre Entschlossenheit klar in ihren Augen sehen. »Dann lass uns das Böse zurück zur Hölle zurückschicken.«

»Genau das werden wir tun, Beatrice … Genau das werden wir tun.«

Das Fest ist bereits in vollem Gange, als wir ankommen. Die Menschenmenge tanzt und lacht, völlig ahnungslos von der Dunkelheit, die unter ihnen wiegt. Beatrice und ich bewegen uns langsam durch die Menge. Unsere Augen suchen nach Anzeichen ihres Bruders, nach Anzeichen von Mammons Präsenz. Die Lichter des Festes funkeln in der Dunkelheit, ein scheinbar fröhliches Spektakel, das die düstere Realität, die darunter lauert, verbirgt. Beatrice und ich mischen uns mühelos unauffällig unter die Menge, unsere Sinne scharf auf Anzeichen von Mammons Einfluss ausgerichtet.

»Siehst du das?«, flüstere ich Beatrice zu, während meine Augen auf eine Gruppe von Festbesuchern gerichtet sind, die sich um einen Stand mit teuren Schmuckstücken drängen.

Sie folgt meinem Blick, beobachtet, wie die Menschen, die einst fröhlich und ausgelassen waren, nun mit gierigen Augen und harten Gesichtern um die glitzernden Objekte kämpfen. Ein Mann reißt ein Halsband aus den Händen einer Frau, die daraufhin mit einem wütenden Schrei auf ihn losgeht. Ein anderer stößt ein Kind beiseite, um an einen goldenen Ring zu gelangen, der auf einem Samtkissen liegt.

»Die Gier«, murmelt sie. »Die Gier ist stark unter ihnen. Mammon muss hier sein.«

»Und mein Bruder? Siehst du ihn hier irgendwo?«

Sie sieht sich weiter um, sucht nach ihm, aber er ist nirgends zu finden. »Nein, ich sehe ihn nicht. Wenn er hier ist, müssen ihn finden, bevor es zu spät ist.«

Wir bewegen uns weiter anmutig durch die Menge, vorbei an Menschen, die sich nun in einem frenetischen Rausch von Begierde und Gier befinden. Ein älterer Mann lacht wahnsinnig, während er Geldscheine in die Luft wirft, nur um dann mit einem Gebrüll auf jeden loszugehen, der versucht, sie vom Boden aufzuheben. Eine junge Frau weint, ihre Hände blutig, als sie verzweifelt versucht, einen Edelstein aus dem festen Griff einer anderen zu reißen.

»Sam!«, ruft Beatrice plötzlich, ihre Hand packt meinen Arm. Ihre Finger graben sich in meine Haut.

Ich drehe mich zu ihr um, folge ihrem besorgten Blick und sehe einen jungen Mann, mutmaßlich

Beatrices Bruder, am Rande der Menge. Seine Augen sind leer und tot, während er eine Frau mit einem leeren Blick ansieht, die verzweifelt versucht, ihre Tasche vor einem Räuber zu schützen.

»Da ist er …«, murmelt sie. Meine Hand schließt sich um Beatrices. »Komm. Schnell!«

Wir kämpfen uns durch die Menge, versuchen, den Wahnsinn, der um uns herum tobt, zu ignorieren. Als wir ihn erreichen, hebt Beatrices Bruder seinen Kopf. Seine Augen treffen meine und ich sehe die Dunkelheit, die in ihm wohnt.

»Beatrice …«, flüstert er, seine Stimme nur ein verzerrtes Echo, »… du solltest nicht hier sein …«

Sie zuckt zusammen, aber ihre Stimme, als sie antwortet, ist fest. »Ich bin hier, um dich nach Hause zu bringen, Bruder.«

Er lacht, ein schreckliches, gurgelndes Geräusch. »Es gibt kein Nachhause für mich, Beatrice. Nicht mehr …«

Ich trete vor, mein Blick fest auf den besessenen Mann vor mir gerichtet. »Es gibt immer einen Weg nach Hause«, sage ich, meine Stimme hart und bestimmt. »Aber manchmal ist der Weg nicht einfach.«

Er sieht mich ausdruckslos an. Für einen kurzen Moment sehe ich Angst in seinen Augen, bevor sie wieder leer werden. »… Du kannst mich nicht retten

...«, sagt er, seine Stimme ein Hauch. »... Niemand kann das ...«

Ich schaue zu Beatrice. Ihre Augen sind nass, aber sie nickt mir zu, ihre Zustimmung stumm, aber unmissverständlich. Ich wende mich wieder dem jungen Mann zu, meine Waffe bereit, mein Herz schwer.

»Vielleicht nicht«, sage ich leise, »aber das bedeutet nicht, dass ich es nicht versuchen werde.«

Die Dunkelheit, die in den Augen von Beatrices Bruder tanzt, war ein nur allzu bekannter Anblick. Die Gier-Dämonen, Diener von Mammon, sind dafür bekannt, die schlimmsten Aspekte der menschlichen Natur zu verstärken, und hier, inmitten des Festes, haben sie ein perfektes Spielfeld gefunden.

»Wir müssen ihn befreien, Sam«, Beatrices Stimme ist ein verzweifeltes Flüstern, ihre Hände ballen sich zu Fäusten.

Ich stimme ihr zu. Meine Augen sind weiterhin fest auf den jungen Mann vor uns gerichtet. »Und das werden wir, aber zuerst müssen wir diese Gier-Dämonen loswerden.«

Ein schrilles Lachen schneidet durch die Nacht, und wir drehen uns um, um eine Gruppe kleinerer Dämonen zu sehen, ihre Augen glühend vor böser Freude, während sie sich durch die Menge bewegen, Chaos und Verzweiflung in ihrem Gefolge verbreitend.

»Na endlich, etwas Spaß«, murmele ich, ziehe instinktiv meine Waffe und feuere, ohne nachzudenken. Die beiden Kugeln des Doppelschusses durchbohren den Kopf des ersten Dämons und lassen ihn augenblicklich zu Staub zerfallen.

Beatrice zieht nun ebenfalls ihre Glock, ihre Bewegungen geschmeidig und sicher, während sie neben mir in Stellung geht. »Lass uns das hier schnell hinter uns bringen, Sam.«

Wir bewegen uns synchron. Eine tödliche Tanzpartnerschaft, während wir die Dämonen um uns einen nach dem anderen ausschalten. Die Menschen fliehen.

Doch trotz unserer Bemühungen scheint jeder gefallene Dämon durch zwei neue ersetzt zu werden, eine endlose Welle von Dunkelheit, die auf uns zurollt.

»Sam, wir werden hier überwältigt!«, ruft mir Beatrice zu, während sie einen Dämon nach dem anderen niederstreckt.

Ich weiß insgeheim, dass sie recht hat, aber Aufgeben ist keine Option. Ich habe noch nie aufgegeben und werde auch jetzt nicht damit anfangen. »Dann lass uns sicherstellen, dass wir so viele wie möglich mitnehmen, ja?«

Ein verzweifeltes Lächeln huscht über ihr Gesicht, und sie nickt mir zu, bevor sie sich wieder dem Kampf zuwendet.

Wir kämpfen weiter, Seite an Seite, bis unsere Munition zur Neige geht und wir auf unsere Klingen angewiesen sind. Im Laufe des Kampfes werden unsere Bewegungen langsamer, während die Erschöpfung uns langsam zu übermannen beginnt. Und dann, gerade als ich denke, dass wir vielleicht doch hier unser Ende gefunden hatten, oder ich erneut die Macht Luzifers in mir anrufen sollte, passiert es.

Ein höllischer Schrei durchschneidet die Nacht, und die Dämonen um uns herum zucken zurück, als eine Welle von reiner, unverfälschter Energie durch sie hindurchfährt. Ich drehe mich um und sehe Beatrices Bruder. Eine Macht umgibt ihn. Seine Augen sind klar, während er seine Hand ausstreckt und eine Kraft, die ich nicht verstehe, von ihm ausgeht.

Die Dämonen schreien, während sie, einer nach dem anderen getroffen von der Energie zu Staub zerfallen, und dann, mit einem letzten, verzweifelten Jaulen, sind sie alle vom Erdboden verschwunden.

Ich sinke auf die Knie, meine Energie verbraucht, und schaue hoch zu Beatrice, die ebenso erschöpft wie ich selbst, neben ihrem Bruder steht.

Ihre Augen treffen meine, und in ihrem Blick liegt eine Mischung aus Erleichterung und Furcht.

»Was ... was war das, Sam?«, keucht sie, ihre Stimme zittert.

Ich schüttle meinen Kopf, ebenso verwirrt wie sie. »Ich habe nicht einen blassen Schimmer einer Ahnung. Aber ich habe das Gefühl, dass wir es bald herausfinden werden.«

Wir stehen nun hier, inmitten der Verwüstung, die die Dämonen hinterlassen haben, und wissen, dass trotz unseres Sieges die wahre Schlacht noch vor uns liegt.

Die Stille, die auf das Verschwinden der Dämonen folgt, ist fast ebenso erdrückend wie der Kampf selbst. Dann, mit einer plötzlichen, eisigen Böe, die durch die Luft schneidet, verändert sich die Atmosphäre erneut. Sie wird dichter. Dunkler!

Ein Mann tritt aus dem Schatten heraus. Sein Äußeres ist unauffällig, fast gewöhnlich, aber meine Augen sehen durch seine Tarnung hindurch. Unter der menschlichen Fassade pulsiert eine überaus dunkle, gierige Energie, die nur einem einzigen Wesen gehören konnte: Mammon höchstpersönlich.

»Samuel Hellsworth ...«, seine Stimme ist ein öliges Flüstern, das sich durch die Nacht schlängelt, »... du bist noch beeindruckender, als ich dachte.«

Ich straffe mich. Meine Hand wandert instinktiv

zur Pistole an meiner Seite. »Mammon«, erwidere ich, meine Stimme kalt und fest, »ich wünschte, ich könnte dasselbe von dir sagen.«

Er lacht auf, ein Klang wie das Klirren von Münzen, und tritt näher. Seine Augen sind auf Beatrices Bruder gerichtet. »Du hast etwas, das mir gehört, Samuel.«

Ich trete vor, stellte mich zwischen ihn und den jungen Mann. »Du wirst ihn nicht bekommen.«

Mammon sieht mich höchst amüsiert an. »Was heiß denn hier bekommen? Ich habe ihn doch schon bereits jetzt.«

Und dann, mit einer Geschwindigkeit, die ich nicht für möglich gehalten habe, streckt er seine Hand aus, rennt an mir vorbei, packt Beatrices Bruder am Arm, zieht ihn zu sich und hält ihn als lebendiges Schutzschild vor sich.

Beatrice schreit auf und stürzt vor, aber es war bereits zu spät. Mit einem grausamen Lächeln öffnet Mammon ein Höllenportal, eine wirbelnde Masse aus Dunkelheit und Feuer, und zieht den jungen Mann hinter sich hindurch, bevor es sich mit einem Knall hinter ihnen schließt.

Beatrice sinkt auf die Knie, ihre Augen starr auf den Ort gerichtet, an dem ihr Bruder verschwunden ist. »Nein ... nein ... nein ... nicht schon wieder ...«, flüstert sie, ihre Stimme ein gebrochenes Flüstern.

Ich trete zu ihr, lege meine rechte Hand auf ihre linke Schulter, obwohl ich weiß, dass keine Berührung den Schmerz lindern könnte, den sie jetzt fühlt. »Wir werden ihn zurückholen, Beatrice«, sage ich, meine Stimme fest. »Ich verspreche es dir.«

Sie sieht zu mir auf, ihre Augen feucht, aber unerschütterlich. »Du versprichst es?«

Ich nicke, meine Hand schließt sich fester um ihre Schulter. »Ich verspreche es.«

Sie atmet tief durch, wischt sich mit dem Handrücken über die Augen und steht auf. »Dann lass uns das verfluchte Ding töten, Sam.«

Ich drehe mich um und starre auf die Stelle, wo Mammon verschwunden ist. »Ja«, murmele ich, »lass uns Mammon vernichten.«

Beatrices Augen sind ein Ozean aus Angst und Entschlossenheit, während sie mich ansieht. »Sam, wir müssen ihn retten. Er ist alles, was ich noch habe.«

Meine Hand findet ihre und ich drückte sie fest. »Wir werden ihn retten, Beatrice. Wie gesagt, ich verspreche es dir.«

Sie sieht mir tief in meine Augen. Sie sucht nach einem Anzeichen von Zweifel, findet jedoch keines. »Und Wie? Wie können wir ihn aus der Hölle holen, Sam?«

Ich zögere, mein Blick wird nachdenklich, während ich an das Portal denke, das Mammon geöffnet hat. Etwas darin hatte eine Saite in mir zum Klingen gebracht, eine dunkle Melodie, die sowohl vertraut als auch fremd war. Es ist wohl die Energie von Luzifers Dämonenseele, die in meinem Inneren pulsiert, die auf das Echo von Mammons Macht reagiert hat. Die auf die Hölle hinter dem Portal reagiert hat.

»Sam?«, Beatrices Stimme zieht mich aus meinen Gedanken.

Ich versuchte, die Gedanken zu ordnen, die in meinem Kopf wirbeln. »Als Mammon das Portal öffnete, habe ich etwas gespürt. Etwas in mir hat darauf reagiert.«

Sie sieht mich an, ihre Stirn in Falten gelegt. »Was genau meinst du?«

Ich ziehe meine Hand zurück, lege sie auf meine Brust, dort, wo die Dämonenseele in mir ruht. »Luzifers Seele. Sie hat auf Mammons Macht reagiert, als ob sie ... als ob sie nach Hause wollte ... Zurück in die Hölle ...«

Beatrice tritt näher, ihre Augen suchen meine. »Kannst du das nutzen, Sam? Kannst du es verwenden, um meinen Bruder zurückzuholen?«

Ein Gefühl von Unbehagen gärt in meiner Brust. »Ich denke schon. Aber es wird gefährlich, Beatrice.

Wenn ich ein Portal öffne, wenn ich in die Hölle gehe, gibt es keine Garantie, dass ich zurückkommen kann.«

Sie legt ihre Hand auf meine. Ich spürte die Wärme ihre Finger gegen meine Haut. »Aber du wirst es trotzdem tun, nicht wahr?«

Ich sehe in ihre Augen, sehe die Hoffnung, die darin glänzt, und weiß, dass ich sie nicht enttäuschen kann. »Ja, Beatrice. Ich werde es tun.«

Ihre Kehle arbeitet, als sie schluckt. »Dann werde ich mit dir gehen, Sam. Wo immer das auch sein mag. Ich werde mit dir in die Hölle hinab steigen!«

Ich schüttle meinen Kopf, lege meine rechte Hand auf ihre Wange. »Nein, Beatrice. Das ist mein Kampf. Dein Bruder ist in der Hölle, weil er mir geholfen hat. Ich werde ihn nicht noch mehr in Gefahr bringen, indem ich dich auch noch mitnehme.«

Sie packt meine Hand, ihre Finger pressen sich fest in meine. »Nein! Ich lasse dich das auf keinen Fall alleine durchmachen. Er ist mein Bruder. Ich werde nicht einfach hier stehen und nichts tun, während du dein Leben riskierst, um ihn zu retten!«

Ich sehe die Entschlossenheit in ihren Augen und weiß, dass ich sie nicht davon abbringen kann. Mit einem resignierenden Seufzen nicke ich. »Nun Gut. Aber wir machen das zusammen, verstehst du?

Keine Heldentaten. Wir gehen rein, holen deinen Bruder raus und kommen zurück. Zusammen.«

»Zusammen, Sam.«

Und mit diesem Versprechen, das nun zwischen uns hängt, bereiten wir uns vor, in die Hölle hinabzusteigen, nicht wissend, ob wir jemals wieder ans Licht zurückkehren würden.

KAPITEL 3:

ENTHÜLLUNGEN

Die Dunkelheit, die das nun geschlossene Portal hinterlassen hat, scheint sich wie ein Schatten über uns zu legen, eine stumme Erinnerung an die Bedrohung, die jenseits unserer Welt lauert. Beatrices Augen sind immer noch auf den Ort gerichtet, an dem ihr Bruder verschwunden ist, und ich kann den Schmerz in ihrem Blick sehen, die stille Verzweiflung, die darin schwelt.

Ich nehme ihre Hand. »Dann lass uns gehen. Wir haben viel zu besprechen.«

Sie wischt sich mit ihrem Handrücken über ihre Augen und folgt mir durch die Dunkelheit, weg von dem Ort des Schmerzes und Verlustes, hin zu dem, was vor uns liegt. Wir gehen schweigend, jeder von uns in seinen eigenen Gedanken verloren, bis wir wieder meine Wohnung erreichen. Nachdem wir eintreten, schließe ich die Tür fest hinter uns, als könnte ich damit die Dunkelheit draußen halten, die uns verfolgt. Beatrice sieht sich erneut in meiner Wohnung um, ihre Augen streiften über die schlichten Möbel, die spärlichen Dekorationen, bevor sie auf mich zurückfallen.

»Ja, wie schon gesagt, ich weiß, es ist nicht viel«, sage ich, meine Stimme leise im stillen Raum, »aber hier ist es ist wenigstens vorerst sicher.«

Sie nickt, ihre Hand findet meine. Ich drücke sie leicht. »Ich finde es hübsch.«

»Wir werden ihn zurückholen, Beatrice. Was auch immer es kostet.«

Beatrices Augen verlieren sich in der Ferne, während sie aus dem Fenster schaut. Ihre Stimme ist kaum mehr als ein Hauch, als sie zu sprechen beginnt. »Ethan war immer der Starke von uns beiden. Er hat mich beschützt, stand für mich ein, auch wenn es bedeutete, dass er selbst Ärger bekam.«

Ich lehne mich zurück, richte meine Augen auf ihr Gesicht, während ich ihr zuhöre. Es ist selten, dass jemand in meiner Nähe so offen und verletzlich ist, und obwohl ein Teil von mir es genießt, ist da auch ein ungewohntes Gefühl von ... Mitgefühl.

»Als die Dämonen kamen, hat er mich hinter sich versteckt, hat mich sicher gehalten, während er sich ihnen stellte.«, fährt sie fort. Ihre Hände sind fest in ihrem Schoß verkrampft. »Ich habe ihn kämpfen sehen, Sam, habe gesehen, wie er gefallen ist und wieder aufgestanden ist, immer und immer wieder, bis ...«

Sie bricht ab. Ihre Stimme ist nur noch ein ersticktes Schluchzen und ich finde mich in der ungewohnten Position wieder, tröstende Worte zu suchen. »Beatrice, du musst das nicht tun. Du musst mir nichts erzählen, wenn du nicht bereit bist.«

Sie schüttelt ihren Kopf, wischt sich mit dem Handrücken energisch über die Augen. »Nein, Sam, du musst es wissen. Du musst wissen, warum wir ihn retten müssen.«

Ich lege meine Hand sanft auf ihre. »Dann erzähl es mir, Beatrice. Erzähl mir alles.«

Sie atmet tief durch und sie beginnt erneut zu sprechen. »Ethan hat immer von Mammon gesprochen, in den letzten Wochen, bevor er ... bevor er verschwand. Er sagte, dass er Stimmen hörte, dass sie ihm Dinge erzählten, schreckliche Dinge, die er tun sollte.«

»Hast du je von Mammon gehört, bevor er verschwand?«

Sie schüttelt den Kopf. »Nein, nie. Ich dachte,

es hatte etwas mit Geld zu tun, aber ich konnte nicht verstehen, warum Ethan davon besessen war. Er hat nie Wert auf materielle Dinge gelegt. Er war immer zufrieden mit dem, was er hatte.«

Mein Blick wird nachdenklich. »Mammon ist nicht nur Geld. Er ist Gier in all ihren Formen. Er kann sich in alles verwandeln, was wir begehren, alles, was wir mehr wollen, als wir haben sollten.«

Sie sieht mich an, ihre Augen weit. »Kann er besiegt werden, Sam? Kannst du ihn besiegen?«

Ich sehe Beatrice an, ihre Augen sind fest auf mich gerichtet, und ich weiß, dass es nun an der Zeit ist, die ganze Wahrheit zu sagen. »Beatrice, es gibt etwas, das du wissen solltest.«

Sie schaut mich durchdringend an, ihre Augen suchen meine, als sie nach einem Hinweis auf das, was kommen wird, sucht. »Was ist es?«

»Ich habe dir nicht alles erzählt, Beatrice. Nicht über mich, nicht über das, was ich tue.«

Sie lehnt sich etwas von mir weg, ihre Augen werden vorsichtig. »Was meinst du?«

»Ich bin nicht nur hier, um einfach nur Dämonen zu jagen. Ich bin hier, um sie alle zu vernichten. Nicht nur die niederen Dämonen. Nein jeden einzelnen von ihnen und auch die Prinzen der Hölle. Alle sieben werden brennen!«

Sie zieht scharf die Luft ein, ihre Augen weiten

sich. »Sam, das ist ... das ist Selbstmord.«

Ich zucke mit meinen Schultern, eine kalte Entschlossenheit in meinen Augen. »Vielleicht ist es das ... aber ich werde nicht verlieren. Es ist etwas, das getan werden muss. Und ich bin der Einzige, der es kann ...«

Sie steht auf, ihre Augen blitzten. »Warum, Sam? Warum musst du das tun? Wieso denkst du, dass du die mächtigsten Dämonen der Hölle besiegen kannst?«

Ich stehe ebenfalls auf. Trete näher zu ihr. Meine Augen sind fest auf ihre gerichtet. »Weil sie es verdienen, Beatrice. Weil sie es mehr als verdient haben, für das zu leiden, was sie getan haben.«

»Und was ist mit dem, was du erleidest, Sam? Was ist mit dem Schmerz, den du durchmachst?«

»Es ist nicht wichtig was mit mir passiert. Das ist nichts im Vergleich zu dem, was sie der Menschheit bisher angetan haben und noch antuen werden. Ich werde dies alles stoppen.«

Sie tritt näher, ihre Hand berührte meine. »Es ist wichtig, Sam. Es ist wichtig, was mit dir passiert. Du selbst bist wichtig.«

Ich schaue auf ihre Hand, dann wieder auf sie. »Nicht im Vergleich zu dem, was auf dem Spiel steht.«

»Nein. Du liegst falsch. Du bist wichtig. Für

mich.«

Ich sehe sie an, etwas in meinem Inneren zuckt zusammen bei ihren Worten. »Beatrice, ich ...«

Sie schüttelt ihren Kopf, tritt noch näher an mich heran, bis nur noch ein Hauch von Raum zwischen uns ist. »Nein, Sam. Hör mir zu. Hör mir gut zu! Du bist nicht allein in diesem Kampf. Nicht mehr. Ich will mit dir kämpfen. Egal gegen was auch immer du zu kämpfen dir in den Kopf gesetzt hast. Ich werde an deiner Seite sein. Frag mich nicht wieso, aber das wusste ich bereits in den Moment, als ich dich in der U-Bahn gesehen habe ...«

Ich schaue tief in ihre Augen, sehe ihre Entschlossenheit, die darin brennt. Und ich weiß, dass ich sie nicht davon abbringen kann. Sie hat ihre Entscheidung gefällt. Ob nun wirklich wegen mir, oder weil ich ihren Bruder befreien kann, ich weiß es nicht. Mit einem Seufzen nicke ich. »Gut. Aber du musst wissen, dass der Weg, den wir gehen, kein leichter sein wird.«

»Ich weiß. Und ich bin bereit.«

Ihre Finger verschlingen sich in meinen. »Dann lass uns das tun, Beatrice. Lass uns die Hölle brennen sehen.«

Die Stille der Wohnung ist erdrückend, nur durch das gelegentliche Knarren des alten Gebäudes unterbrochen. Beatrice und ich sitzen uns nun gegenüber, unsere Blicke treffen sich über den abgenutzten Holztisch in meiner Küche hinweg. Ihre Augen, einst lebhaft, sind nun von Sorgen getrübt, und ich kann ihren Schmerz darin sehen, als wäre es ein Spiegel meiner eigenen inneren Turbulenzen.

»Sam«, beginnt sie, ihre Stimme kaum mehr als ein Flüstern, »was wir tun werden ... es ist mehr, als ich mir je vorgestellt habe. Ich habe gegen Dämonen gekämpft, ja, aber die Hölle selbst? Das ist eine komplett andere Ebene.«

»Ich weiß. Aber das ist der einzige Weg, um Ethan zurückzubekommen. Und um sicherzustellen, dass niemand anderes durch das durchmachen muss, was er durchgemacht hat.«

Sie nickt langsam, ihre Finger streichen über die Oberfläche des Tisches. »Ich weiß, dass du recht hast, Sam. Aber das macht es nicht wirklich einfacher für mich.«

»Nichts daran wird einfach sein, Beatrice. Aber wir sind Kämpfer. Das ist es, was wir tun.«

»Aber warum, Sam? Warum kämpfst du gegen sie? Was haben sie dir angetan, dass du bereit bist, dein Leben für diesen Kampf zu riskieren?«

Ich zögere kurz, mein Blick wird nachdenklich, während ich in die Tiefen meiner Vergangenheit tauche. »Sie haben mir alles genommen, Beatrice.

Meine Erzeuger, meine Zieheltern, meine Kindheit, meine Seele. Meine verdammte Seele. Sie haben mich zu dem gemacht, was ich jetzt bin, und ich werde verdammt sein, wenn ich sie damit davonkommen lasse. Ich werde mir das holen, was sie mir geraubt haben ...«

»Ich verstehe ... Und jetzt bin ich bei dir. Jeden Schritt auf dem Weg.«

Ich betrachte meine verschränkten Hände, dann wieder auf sie. »Warum, Beatrice? Warum kämpfst du gegen sie? Was ist deine Geschichte? Ist es nur wegen Ethan, oder hast du noch mehr erlebt?«

Sie zögert, dann jedoch beginnt sie zu sprechen. Ihre Worte sind ein leiser Strom, der durch die Stille der Wohnung fließt. »Nein, es ist nicht nur mein Bruder. Sie haben unsere Eltern getötet, Sam. Vor unseren Augen, als wir noch unschuldige Kinder waren. Sie haben sie genommen und uns alleine zurückgelassen, verloren in einer Welt, die ich nicht verstand.«

Ich drücke ihre Hand, meine Augen fest auf ihre gerichtet. »Ach Beatrice, das tut mir so Leid für dich ... Ich konnte ja nicht ahnen, dass auch du deine Eltern verloren hast.«

»Bitte nicht, Sam. Ich brauche dein Mitleid nicht. Ich brauche deinen Mut und deine Stärke. Ich brauche dich an meiner Seite, wenn wir gegen sie kämpfen, wenn wir sie für alles, was sie getan haben, zur Rechenschaft ziehen. Ich kann meine Eltern nicht mehr retten, aber vielleicht kann ich mit deiner Hilfe zumindest meinen Bruder vor seinem Schicksal bewahren.«

»Du hast mich, Beatrice. Bis zum bitteren Ende. Wir werden ihn finden und retten.« Sie nickt mir zu. Ihre Augen strahlen nun mit einer Intensität, die mich bis ins Mark trifft. »Bis zum bitteren Ende, Sam.«

Und mit diesem Versprechen, das zwischen uns hängt, wissen wir, dass wir alles, was kommen wird, zusammen durchstehen werden. Egal, wie dunkel die Tage auch sein mögen, wir werden das Licht in der Dunkelheit sein, das nie erlischt.

Ein abruptes Klopfen an der Tür lässt uns beide aufblicken. Unsere Hände zucken instinktiv zu den Waffen, die wir verborgen halten. Sie war eine Kriegerin durch und durch, wie ich selbst. Ich stehe auf, meine Augen noch immer auf Beatrice gerichtet, während ich zur Tür gehe, meine Hand bereits auf dem Griff meiner 1911.

Ich öffne die Tür nur einen Spalt weit. Mein Blick trifft auf einen jungen Mann in einem schlichten Anzug, ein unscheinbares Dossier in seinen

Händen. »Samuel Hellsworth?«, fragt er, seine Augen flackerten nervös als er mich erblickt.

Ich nicke knapp. Meine Hand lässt den Griff der Waffe nicht los, während ich die Tür etwas weiter öffne. »Das bin ich. Und du bist?«

»Agent Miller, Sir. Vom OSIT. Agent Ashford hat mich geschickt, um Ihnen das zu bringen.« Er reicht mir das Dossier. »Wer ist Ashford?« frage ich ihn, wobei ich mir schon denke, dass es Gregory sein musste, der ihn hier zu mir geschickt hat. Aber ich liebe es mit den Leuten zu spielen. »Sir, es war Gregory Ashford, Sir. Sie hatten mit ihm telefoniert.«

»Ach mein lieber Freund Gregory. Na klar. Na dann gib mir bitte das Dossier.«

Ich bemerke, dass seine Hand leicht zittert. Was hat ihm Gregory nur von mir erzählt? Gut so.

Ich nehme es entgegen, nicke ihm dankend zu. »Danke, Agent Miller. Sag bitte Gregory, ich schulde ihm was ...«

»Das werde ich, Sir!« Er dreht sich um und verschwindet so schnell, wie er gekommen ist. Ich schließe die Tür, wende mich mit dem Dossier in der Hand an Beatrice. »Das sollte ein paar mehr Antworten über Mammon für uns haben.«

Wir setzen uns erneut an den Küchentisch. Ich schlage das Dossier auf und unsere Augen verschlingen die Informationen, die vor uns liegen.

Beatrices Finger streichen über die Worte, ihre Augen verdunkeln sich, während sie liest. »Mammon ... Prinz der Hölle, Verkörperung der Gier ... kann die Wünsche der Menschen sehen, ihre Begierden nutzen, um sie zu kontrollieren ... Bla Bla Bla, wann kommt etwas interessantes?«

»Er ist mächtig, Beatrice. Aber nicht unbesiegbar. Hier schau mal, hier steht, dass er eine Schwäche hat, etwas, das wir nutzen können.«

»Was ist es, Sam?«

Ich zeige auf einen Abschnitt des Textes, meine Finger fahren langsam zur Zeile, in der ich etwas Entscheidendes gelesen habe. »Es steht hier, dass er nicht widerstehen kann, wenn ihm etwas angeboten wird, das er begehrt. Es ist seine Natur, alles zu wollen, was ihm vorenthalten wird.«

Sie nickt, ihre Augen werden fest. »Dann müssen wir ihm etwas anbieten, das er nicht ablehnen kann.«

»Das wird ist riskant werden. Wir werden scheitern, wenn er uns durchschaut ...«

»Wir werden nicht scheitern, Sam. Wir können es einfach nicht.«

»Dann lass uns dieses Monster in die Falle locken und ihm zeigen, dass er nicht unantastbar ist. Auch er wird Begierden haben, wie jeder andere Mensch ...«

Ihre Augen brennen mit einer Entschlossenheit, die mich bis ins Mark trifft. »Bis zum bitteren Ende, Sam.«

»Bis zum bitteren Ende, Beatrice.«

Und mit diesen Worten, mit diesem Versprechen bereiten wir uns vor, gegen die Dunkelheit selbst zu kämpfen, gegen eine Macht, die jenseits unserer Vorstellungskraft liegt.

Doch wir werden es zusammen tun, Seite an Seite, bis zum bitteren Ende. Was auch immer das bedeutet ...

KAPITEL 4:

ORBEREITUNGEN

Die Seiten des Dossiers sind mittlerweile mit Notizen übersät. Unsere Augen fliegen durch die Informationen über Mammon. Beatrices Augen sind schmal, konzentriert, während sie die Worte vor ihr liest, ihre Lippen bewegten sich leise, als sie die Informationen in sich aufnimmt.

»Es sagt hier, dass Mammons Festung tief in der Hölle liegt, umgeben von einem Meer aus verlorenen Seelen«, murmelt sie, ihre Stimme kaum hörbar in der Stille des Raumes.

»Ja, und es wird bewacht von seinen treuesten Dämonen, Kreaturen, die so verdorben sind, dass sie kaum als lebendig betrachtet werden können.«

Sie sieht auf »Wie kommen wir dorthin, Sam? Wie können wir ihn konfrontieren, wenn er in der Hölle selbst sitzt?«

Ich lehne mich zurück, meine Finger trommeln auf den Tisch, während ich nachdenke. »Wir müssen ein Portal öffnen, Beatrice. Einen Weg in die Hölle finden, der uns direkt zu ihm führt.«

Sie zieht die Augenbrauen zusammen. »Aber wie, Sam? Wie können wir ein Portal in die Hölle öffnen, ohne unsere Seelen zu verlieren?«

Ich grins sie nur an, ein kaltes, hartes Grinsen, das nichts von der Wärme hat, die es einmal gehabt hat. »Wir nutzen das, was uns die Hölle gegeben hat, Beatrice. Wir nutzen die Dämonenseele, die ich von Luzifer genommen habe. Sie will zurück in die Hölle, zurück nach Hause und ich denke, sie wird mir ermöglichen eines dieser verdammten Höllenportale zu öffnen ...«

Sie sie mich an, ihre Augen weiten sich. »Das ist wirklich wahnsinnig. Wenn du mit dieser Macht spielst, könntest du dich selbst verlieren.«

Ich zucke mit den Schultern, meine Augen weiterhin kalt und hart. »Dann ist das der Preis, den ich zahlen muss. Aber ich werde nicht zulassen, dass Ethan für meinen Fehler nicht schnell genug gewesen zu sein weiter leidet.«

Sie steht auf, tritt zu mir. Greift nach meiner

Hand und umschließt sie. »Sam, ich kann dich nicht verlieren. Nicht jetzt, wo ich dich gerade erst gefunden habe.«

Ich sehe ihr tief in ihre Augen und für einen Moment ist die Härte in meinen Augen verschwunden, ersetzt durch etwas Weicheres, Zerbrechlicheres. »Du wirst mich nicht verlieren, Beatrice. Ich verspreche es dir.«

Sie nickt, ihre Finger streichen über meine, eine sanfte Berührung in der Dunkelheit. »Halte dich ja an dein Versprechen, Sam.«

Ich nicke knapp und stehe auf »Dann lass uns das tun, Beatrice. Lass uns in die Hölle gehen und Ethan zurückholen.«

Die Dunkelheit des Raumes wird nun nur noch durch das flackernde Licht einer einzigen Kerze durchbrochen, deren Flamme in den Schatten tanzt, die uns umgeben. Beatrice sitzt mir gegenüber, ihre Augen fest auf meine gerichtet, während ich in die Tiefe meiner eigenen Seele tauche. Ich suche nach dem, was ich dort gespürt habe, als Mammon das Portal geöffnet hat. Suche nach der Macht von Luzifers Seele in mir.

»Sam«, sagt sie, »sei bitte vorsichtig … bist du dir wirklich sicher, dass du die Macht beherrschen kannst?«

Ich nicke nur, lasse meine Augen weiterhin geschlossen, während ich mich auf das konzentriere, was in mir ist, auf die Dunkelheit, die dort lauert. »Ich versuche es. Aber ich muss das einfach tun. Ich muss wissen, was das war, was ich gefühlt habe. Ich muss wissen, zu was mich Luzifers Seele ermächtigt. «

Sie seufzt leise auf, aber sagt nichts mehr weiter. Ihre Präsenz ist eine stille Unterstützung, während ich tiefer gehe, weiter, bis ich endlich das finde, was ich suche: eine Dunkelheit, die in mir pulsiert, eine Macht, die nur darauf wartet, entfesselt zu werden. Eine übermenschliche Macht.

Mit einem tiefen Atemzug lasse ich diese Macht durch meinen ganzen Körper strömen. Ich fühle, wie sie meine Adern mit einer mehr als dunklen Energie füllt, die sowohl erschreckend als auch berauschend ist. Es fühlt sich an, als würden tausend kalte Flüsse gleichzeitig durch meine Venen fließen, jeder Tropfen geladen mit der rohen Kraft der Hölle. Mein Herzschlag beschleunigt sich, synchronisiert sich mit dem dunklen Pulsieren dieser fremden Energie.

Die Luft um mich herum beginnt zu vibrieren, als ob die Realität selbst unter dem Druck dieser dunklen Kraft zu zittern beginnt. Ich spüre, wie sich vor mir etwas öffnet, ein kleiner Spalt in der Realität, die zu einer Welt jenseits unserer eigenen führt. Es ist, als würde ein Vorhang langsam zurückgezogen, hinter dem sich eine andere Existenz verbirgt.

Die Atmosphäre ist geladen, fast elektrisch, und ich kann das Summen der Energie in meinen Ohren hören, ein ständiges, tiefes Grollen, das sich anfühlt, als käme es aus den Tiefen der Erde selbst. Das Portal beginnt zu flackern, ein instabiles Tor, das von einem Moment zum nächsten zu kollabieren droht. Es schimmert in einem unheimlichen Licht, das die Dunkelheit um mich herum in einen tanzenden Schatten verwandelt.

»Sam!« Beatrices Stimme ist ein scharfer Schrei in der Dunkelheit, und ich zucke zurück. Ihr Ruf durchschneidet die schwere Luft wie ein Messer, bringt mich zurück an den Rand der Realität. Noch bevor das Portal sich vollständig öffnen kann, verliere ich die Verbindung. Der Riss in der Welt zuckt und verengt sich, als ob er nie existiert hätte.

Ich öffne die Augen, atme schwer und mein Herz schlägt gegen meine Brust wie ein gefangenes Tier. Die Resonanz der Macht hallt noch in mir nach, ein Echo einer fremden Welt, das langsam in der Stille meines eigenen Seins verhallt.

Ich öffne die Augen, sehe zu ihr auf, ihre Augen sind weit, voller Angst und Sorge. »Sam, hast du das gesehen? Was zum Teufel war das?«

Ich atme schwer, meine Hand streicht über meine Stirn, wischt den Schweiß weg, der sich dort gebildet hatte. »Nein, ich hatte meine Augen geschlossen. Aber ich konnte es spüren. Ich konnte die Hölle spüren, wie sie nach mir ruft. Das, Beatrice, war ein Höllenportal. Eines wie es Mammon benutzt hat. Ein Weg in die Hölle. Und auch ich kann es öffnen ... ich muss mich nur noch stärker konzentrieren ...«

Sie starrt mich an, ihre Augen durchbohren mich. »Ich hätte gedacht du hättest mit der Luzifer-Geschichte übertrieben ... Aber ich glaube dir nun. Wie kannst du mit einer solchen Macht in dir nur überleben?«

Ich zucke mit meinen Schultern. »Ich weiß es nicht, Beatrice. Und es ist mir eigentlich auch egal. Ich weiß nur, dass es etwas mit Luzifers Dämonenseele in mir zu tun hat. Ja, sie hat etwas in mir verändert, mich mit einer Macht verbunden, die ich noch nicht verstehe. Aber glaube mir, ich bin immer noch ich.«

»Sam, das ist gefährlich. Du spielst wirklich mit Kräften, die außerhalb von uns Menschen liegen. Es hat einen Grund, warum nur die Dämonen über diese Kräfte verfügen. Aber ...«

»Ich weiß, Beatrice. Aber wieso sollte ich diese

Kräfte ungenutzt lassen? Wenn wir Ethan retten wollen, wenn wir Mammon stoppen wollen, dann müssen wir jedes uns zu Verfügung stehende Werkzeug nutzen, das wir haben. Und dazu gehört auch diese Macht ...«

Sie seufzt. »Du hast ja Recht ...«. Egal, wie dunkel die Tage auch sein mögen, wir werden das Licht in der Dunkelheit sein, das nie erlischt. Beatrices Augen fixieren die flackernde Flamme der Kerze zwischen uns, ihre Stimme ein sanftes Murmeln in der Stille des Raumes. »Meine Familie war nie normal, Sam. Wir waren immer ... anders.«

»Anders als was, Beatrice?«

»Wir waren schon immer mit der Dunkelheit verbunden, Sam. Meine Vorfahren haben mit Dämonen verhandelt. Macht gegen Loyalität getauscht. Und diese Sünden der Vergangenheit haben uns verfolgt, bis in meine Generation. Aber so eine Macht ... so eine Macht haben wir nie besessen ...«

Ich ziehe meine rechte Augenbraue hoch, meine Stimme ist ungewollter Weise leicht spöttisch. »Du sagst also, dass deine ganze Familie einem Pakt mit dem Teufel selbst geschlossen hat?«

Sie nickt. Ihre Augen sind sehr ernst, ohne Anzeichen von Humor. »Ja, Sam. Und deshalb sind wir verflucht bis heute. Genau deshalb ist Ethan jetzt auch in Gefahr.«

Ich lehne mich vor, fixiere sie mit meinen Blicken, stütze meine Ellbogen auf meinen Knien. »Erzähl mir alles, Beatrice. Jedes kleinste Detail. Wenn ich dir und Ethan helfen soll, muss ich alles wissen.«

Sie atmet tief durch. Ihre Augen schließen sich für einen kurzen Moment, bevor sie wieder spricht. »Es begann vor Jahrhunderten, Sam. Meine Vorfahren waren mächtige Zauberer, die nach mehr Macht strebten. Sie verhandelten mit Dämonen, boten ihre Loyalität im Austausch für Macht und Reichtum an. Der Finale Pakt wurde mit Mammon höchstpersönlich geschlossen und meine Vorfahren verfügten über ungeahnte Macht und Einfluss. Im Gegenzug gewährten sie den Dämonen sich an ihrer Macht zu nähren. Und für eine Weile funktionierte es. Sie wurden reich, mächtig, unantastbar. Aber dann kam die Rechnung. Die Dämonen verlangten ihre Schuld ein, und als meine Vorfahren sich weigerten, wurden sie verflucht. Jede Generation meiner Familie wurde von Gier geplagt, von Dämonen verfolgt. Gejagt. Wurden von den Dämonen bis in den Tod getrieben.«

Meine Gedanken rasen, während ich die Informationen verarbeite. »Und was ist mit dir, Beatrice? Wie bist du in all das verwickelt?«

Ich kann den Schmerz in ihren Augen sehen. »Wir sind die Letzten, Sam. Nachdem unsere Eltern von Dämonen getötet wurden, als wir noch Kinder waren, sind wir geflohen, haben uns versteckt, haben versucht, ein normales Leben zu führen. Aber die Dunkelheit hat mich und meinen Bruder immer wieder gefunden.«

Ich stehe auf, trete zu ihr und helfe ihr hoch. »Dann werden wir das beenden, Beatrice. Wir werden Mammon stoppen, Ethan retten und deinen Familienfluch ein für alle Mal brechen. Wenn Mammon nicht mehr existiert wird der Fluch gebrochen sein.«

»Danke, Sam.«

Ich ziehe sie zu mir, meine Arme schließen sich um sie, und für einen Moment stehen wir einfach nur so da. Zwei verlorene Seelen in der Dunkelheit, die nach einem Licht suchen, das uns durch den kommenden Sturm führen wird.

Die Vorbereitungen sind intensiv, jedes einzelne Detail muss berücksichtigt werden, wenn wir eine Chance haben wollen, aus der Hölle zurückzukehren. Beatrice und ich verbringen Stunden damit, Waffen auszuwählen, Schutzzauber vorzubereiten und alles zu planen, was wir für den bevorstehenden Kampf brauchen werden.

Während wir arbeiten, kann ich spüren, wie sie mich beobachtet. Wie ihre Augen oft auf mir ruhen, wenn sie denkt, ich würde es nicht bemerken. Und obwohl ich es nie zugeben würde, fand ich doch etwas Trost in ihrer stillen Präsenz, in der Stärke, die sie ausstrahlt, selbst inmitten der Dunkelheit, die uns umgibt.

»Sam«, beginnt sie, ihre Stimme leise, während sie einen Dolch in die Scheide an ihrem Gürtel steckt, »hast du jemals Angst?«

Meine Finger spielen mit dem Griff meiner Pistole während ich antworte. »Nein. Niemals. Angst ist für die Schwachen, Beatrice. Und ich bin alles andere als das. Angst hemmt einen nur.«

»Aber Sam, wir gehen in die Hölle. Wir konfrontieren einen Prinzen der Hölle. Wie kannst du da keine Angst haben?«

Ich lächele sie an. »Weil ich stärker bin als all das, Beatrice. Weil ich nicht zulassen werde, dass die Angst mich kontrolliert.«

Sie sieht mich ungläubig an, ihre Augen weich, voller Verständnis und irgendetwas anderem, etwas, das ich nicht wirklich benennen kann. »Sam, es ist in Ordnung, Angst zu haben. Es macht dich nicht schwach. Es macht dich nur menschlich.«

Ich schüttele meinen Kopf und trete einen Schritt zurück. Meine Augen sind fest auf ihre gerichtet. »Ich habe das Recht verloren, menschlich zu sein, als ich meine Seele verkaufte, um stärker zu werden. In dem Moment als ich Luzifer in mich aufnahm. Und ich werde nicht zulassen, dass etwas so Triviales wie die Angst mich jetzt aufhält.«

»Sam, du bist mehr Mensch, als du denkst. Und es ist in Ordnung, das zuzugeben. Es ist in Ordnung, zu fühlen. Angst zu haben. Zu lieben ...«

»Ich kann es mir nicht leisten, zu fühlen. Nicht jetzt, wo so viel auf dem Spiel steht. Es gibt erst einmal diesen Job hier zu Ende zu bringen.«

Sie tritt den Schritt, den ich von ihr zurückgetreten bin, auf mich zu. Ihre Finger streichen über mein Gesicht, eine sanfte Berührung in der Dunkelheit. »Sam, du kannst es dir nicht leisten, nicht zu fühlen. Denn wenn du das tust, wenn du dich von allem abschneidest, was dich menschlich macht, dann hat Mammon und die restlichen Prinzen bereits jetzt schon gewonnen.«

Ich schiebe ihre Hand weg, meine Augen brennen, während ich sie ansehe. »Ich kann nicht, Beatrice. Ich kann es mir nicht leisten, schwach zu sein. Und Angst oder Menschlichkeit ist Schwäche ...«

»Dann sei stark, Sam. Aber vergiss nicht, dass wahre Stärke darin besteht, sich seinen Ängsten zu stellen, nicht darin, sie zu verleugnen. Und auch wenn du es nicht zugeben willst, du bist immer noch ein Mensch. Da kann auch der Dämon in dir nichts dagegen machen.«

Und mit diesen Worten, die zwischen uns hängen, setzen wir unsere Vorbereitungen fort, bereiten uns auf den Kampf vor, der vor uns liegt. Doch während wir weiterarbeiten, kann ich nicht aufhören, über ihre Worte nachzudenken. Über die unverrückbare Wahrheit, die in ihnen liegt. Und über die Angst, die ich tief, sehr tief in mir vergraben habe.

Die Luft knistert mit einer unheilvollen Energie, als ich meine Hand ausstrecke, die Macht in mir anrufend, die in meiner Brust pulsiert. Beatrice steht neben mir, schwer bewaffnet, genauso wie ich. Ihre Augen sind fest auf meine Hand gerichtet, während ich das Höllenportal beschwöre und einen Riss in der Realität öffne, der uns tief hinunter in die Hölle führen wird.

»Sam«, flüstert sie, ihre Stimme ein zitternder Hauch. »bist du dir wirklich sicher, dass wir das tun sollen?«

»Wir haben keine Wahl. Wenn wir Ethan retten wollen, wenn wir Mammon stoppen wollen, dann ist das der einzige Weg. Und außerdem will ich nun endlich herausfinden, wie es wirklich in der Hölle ist.«

»Dann lass uns das tun, Sam. Zusammen.«

Ich nicke und richte meinen Blick auf den Riss

vor uns, der allmählich immer größer wird, während ich die Macht Luzifers in mir anrufe, die das Portal gänzlich öffnet. Die Luft zerreißt, ein gewaltiger Spalt öffnet sich vor uns, umrahmt von züngelnden Flammen, die wie die Finger der Hölle selbst nach uns greifen. Durch ihn kann ich die verschiedenen Ebenen der Hölle sehen – ein schauriges Panorama aus feurigen Abgründen, verlassenen Landschaften und schwebenden, isolierten Inseln, auf denen verdammte Seelen zu ihrem ewigen Leid verurteilt sind.

Die Schreie der verlorenen Seelen dringen aus der Tiefe, ein ständiger, herzzerreißender Lärm, der die Luft mit Verzweiflung und Schmerz erfüllt. Doch trotz der abschreckenden Visionen, die sich hinter dem Portal entfalten, spüre ich eine unerklärliche Anziehung. Es ist, als ob das Portal nicht nur eine Tür zu einem Ort des Leidens, sondern auch zu tief verborgenen Geheimnissen und ungenutzten Mächten ist.

Mit entschlossenem Schritt trete ich vor, ergreife Beatrices Hand fester und ziehe sie behutsam nach. Ihre Hand zittert in meiner, ein stummes Zeugnis der Angst und Unsicherheit, die sie fühlen muss. Doch sie vertraut mir, lässt sich von mir führen, und das gibt mir die Kraft, die ich brauche, um durch diese dunkle Schwelle zu gehen.

Und so treten wir gemeinsam durch das Portal, in die brodelnde Landschaft der Hölle, bereit, uns den Schrecken und Wundern zu stellen, die jenseits dieser feurigen Grenze liegen. Ich gehe voran, mit Beatrice dicht an meiner Seite, verschwinden wir in den nebligen Tiefen der Unterwelt ...

KAPITEL 5:

DER WEG IN DIE HÖLLE

Die Hölle entfaltet sich vor uns als ein unwirtlicher Ort, ein Reich der Verzweiflung und der Dunkelheit, wo Seelen in ewiger, nie endender Qual verloren sind. Der Boden unter unseren Füßen ist rissig und trocken, als wären selbst die Steine vor langer Zeit vor der Hitze geflohen. Doch während wir durch das Portal treten, spüre ich, wie die in mir schlummernde Macht auflebt, vibriert und sich ausdehnt. Es ist, als ob die finstere Umgebung, die uns umgibt, ein lang vermisstes Zuhause für diese dunkle Energie in mir darstellt. Sie fühlt sich belebt, gestärkt, fast euphorisch angesichts der umgebenden Verzweiflung.

Flammen züngeln aus den tiefen Rissen im ver-dorrten Boden, als wollten sie nach etwas greifen, das längst verloren ist. Der allgegenwärtige Geruch von Schwefel und Verderben hängt schwer und er-stickend in der Luft, ein ständiger Begleiter in die-sem Land der Verdammnis. Schreie von verlorenen Seelen hallen durch die endlosen, düsteren Ebenen, ein Echo des ewigen Leidens, das keinen Ausweg kennt. Verzerrte Kreaturen schleichen durch die Dunkelheit, ihre Augen glühen vor Hass und Hunger, als würden sie jede neue Ankunft als eine Möglich-keit sehen, ihre eigene Qual zu lindern.

Neben mir höre ich Beatrice husten. Ich wende mich ihr zu und sehe sie leicht zittern, ihre Augen weiten sich angesichts der schrecklichen Szenerie. »Sam ... das ist ... es ist schlimmer, als ich dachte. Schlimmer, als ich es mir je hätte vorstellen können ...«, flüstert sie, ihre Stimme zittert vor Angst und Faszination zugleich.

Ich nicke ihr zustimmend zu, auch wenn meine Gefühle anders gelagert sind. Meine Hand um-schließt fest den Griff meines Schwertes, bereit, je-der Bedrohung, die aus der Dunkelheit hervorbre-chen könnte, entgegenzutreten. Mein Blick schweift über die unwirtliche Landschaft, analysiert jede Be-wegung, jedes Geräusch. »Die Hölle ist kein Ort für Schwächlinge, Beatrice. Hier unten gelten andere

Regeln. Und wir werden diese Regeln ebenfalls befolgen und siegreich sein. «

Meine Worte sind mehr als nur ein Versprechen; sie sind ein Schwur, eine Verpflichtung, die ich gegenüber uns beiden und der dunklen Macht in mir fühle. Die Luft vibriert mit der latenten Bedrohung, die jedes Wesen in diesem verfluchten Land umgibt, und ich spüre, wie ich mich dieser Herausforderung stelle, nicht nur als Kämpfer, sondern auch als jemand, der vielleicht zu tief in die Abgründe seiner eigenen Seele geblickt hat. Wir sind hier, in diesem Reich des Schreckens, nicht nur um zu überleben, sondern um zu verstehen, zu erobern und vielleicht auch, um einen Teil von uns selbst zu retten, der sonst in der Dunkelheit verloren gehen könnte.

Sie schluckt hörbar »Wie ... wie können wir hier denn überhaupt überleben, Sam?«

»Indem wir einfach härter sind als alles, was uns entgegentritt, Beatrice. Indem wir uns weigern, zu brechen.«

»Ich bin froh, dass du hier bist, Sam. Ich weiß nicht, ob ich das alleine könnte.«

»Du bist nicht alleine, Beatrice. Du wirst nie wieder alleine sein.«

Wir gehen weiter. Unsere Schritte hallen durch

die Ebenen, während wir tiefer in die Hölle vordringen, bereit, uns allen Schrecken zu stellen, die vor uns liegen. Doch während wir gehen, kann ich nicht aufhören, über die Hölle nachzudenken, die uns umgibt, über die Schatten, die in jeder Ecke lauern. Über die Hitze der Flammen. Und darüber, dass auch ich mich wie zu Hause fühlte. Das musste Luzifers Beeinflussung sein.

»Sam«, sagt Beatrice, ihre Stimme nur ein leises Flüstern, »denkst du, dass wir hier lebend herauskommen? Dass wir Ethan retten können?«

Ich schaue zu ihr, meine Augen fest auf ihre gerichtet. »Wir müssen, Beatrice. Wir sind seine einzige Hoffnung.«

Die Landschaft der Hölle ist eine verzerrte, groteske Parodie der Erde. Verkohlte Bäume ragen wie Skelette aus dem rissigen, von Lava durchzogenen Boden empor, und der Himmel ist eine ewige, schwelende Dämmerung, die von den Schreien verlorener Seelen durchzogen wird.

Beatrice und ich schreiten durch dieses verdrehte Land, unsere Waffen stets bereit, während niedere Dämonen aus den Schatten hervorbrechen, ihre verzerrten Gesichter von Hass und Hunger verzerrt.

»Sie sind wie Aasfresser«, bemerke ich, während ich mein Schwert durch einen von ihnen hindurchtreibe. Seine Essenz entweicht mit einem erstickten Schrei in die Dunkelheit.

Beatrice, die einen Dämon mit einem präzisen Schuss aus ihrer Glock erledigt, nickt mir zu. »Sie sind schwach. Wenn sie einzeln sind. Aber in Gruppen können sie uns wirklich gefährlich werden.«

Ich lache auf, das in der Ebene der Hölle widerhallt. »Lass sie nur kommen. Sie werden bald genug erfahren, dass wir gefährlicher sind.«

Wir setzen unseren Weg fort, tiefer in das Dämmerlicht, während die Dämonen uns weiterhin umkreisen, ihre Augen glühend vor Hass und Neid. Sie warten nur auf den richtigen Moment uns anzugreifen. Aber diesen Moment werde ich ihnen nicht gewähren. Doch trotz ihrer Zahl, trotz ihrer Wildheit, können uns diese niederen Dämonen nicht aufhalten. Wir sind entschlossen und unerbittlich.

»Sam«, fragt mich Beatrice, während wir durch die verdrehte Landschaft gehen, »wie können wir Mammon finden in all dem Chaos hier unten?«

Ich konzentriere mich auf Luzifers Seele tief in mir, die in meiner Brust pulsiert und seine dunkle Energie durch meine Adern verströmt. »Mit dem hier.« ich deute auf meine Brust. »Luzifers Seele. Sie ist mit allen Prinzen der Hölle verbunden, und ich bin mir sicher, dass sie uns zu Mammon führen wird. Ich denke, ich kann ihn bereits spüren ...«

»Und wenn wir ihn finden, wie können wir ihn besiegen?«

Ich schaue sie an, meine Augen hart. »Indem wir alles tun, was nötig ist. Indem wir uns weigern, zu scheitern. In dem wir kämpfen. Silber hat mir schon bei Luzi geholfen. Es wird mir auch bei ihm helfen. Sein Tod ist nur noch eine Frage der Zeit ...«

»Na dann, Sam. Lass uns die Hölle herausfordern und gewinnen.«

Wir gehen weiter. Gehen weiter tiefer in die Hölle und bereit alles zu geben. Beatrice um den, den sie liebt, zu retten und ich um noch mächtiger zu werden. Mammons Seele gehört bereits mir. Er weiß es nur noch nicht.

Die schwarze Dämonenseele in meiner Brust pulsiert mit einer überaus dunklen, höchst verführerischen Energie, die mich nach mehr verlangen lässt. Mehr Stolz. Mehr Gier. Ich kann Luzifer fast in mir schreien hören. Jeder Schritt, den wir durch die Hölle machen, jedes Wesen, das wir besiegen, es füttert dieses dunkle Verlangen in mir, und ich kann es kaum erwarten auch Mammons Seele in mich aufzunehmen, auch seine Macht zu meiner eigenen zu machen.

»Sam, ich kann es in dir spüren. Die Dunkelheit.

Sie wird stärker.«

»Es ist nicht nur Dunkelheit ... Es ist der Inbegriff von Macht, Beatrice. Und ich werde jeden Funken davon nutzen, um Mammon zu zerstören, um Ethan zu retten.«

Sie tritt näher, ihre Hand berührt meine »Aber um welchen Preis, Sam? Was wird von dir übrig bleiben, wenn alles vorbei ist? Lass dich nicht korrumpieren.«

»Ich werden tun, was auch immer nötig ist. Und egal was übrigbleibt, Beatrice, es wird genug sein. Ich denke nicht, dass ich mich verlieren werde, ich werde nur mächtiger werden.«

Wir gehen weiter, die Hölle um uns herum lodert, während wir uns Mammons Festung nähern, die in der Ferne aufragt. Ein dunkler, bedrohlicher Schatten gegen den schwelenden Himmel der Hölle.

»Da ist es ...«, sage ich, meine Stimme hart und entschlossen. »... Mammons Festung. Dort werden wir Ethan finden. Dort werden wir Mammon finden.«

Beatrice nickt mir zu, während ihre Augen fest auf die Festung in der Dunkelheit gerichtet sind. »Und wenn wir dort sind, Sam, was dann? Wie können wir Mammon besiegen?«

Ich ziehe mein Schwert, die Klinge glänzt trotz der Dunkelheit, während ich zu ihr schaue. »Wie schon gesagt ... Silber ist die Lösung ...«

Wir gehen weiter auf die Festung zu. »Sam versprich mir bitte wirklich, dass du nicht verloren gehst. Dass du bei mir bleibst. Ich brauche dich!«

Für einen Moment ist die Hölle selbst vergessen und wird ersetzt durch das Licht, das in ihren Augen funkelt. »Ich verspreche es, Beatrice. Egal, was passiert, ich werde zu dir zurückkommen.«

Als wir uns Mammons Festung nähern, kann ich nicht umhin, beeindruckt zu sein. Von der Ferne hat sie dunkel und bedrohlich ausgesehen, ein monolithischer Schatten, der sich gegen den feuerroten Himmel der Hölle abhebt. Doch jetzt, aus der Nähe betrachtet, ist sie umgeben von einem goldenen Schein, der so hell ist, dass er mich fast blendet. Die Festung selbst scheint aus purem Gold zu bestehen, jede Wand, jeder Turm, jede Zinne glänzt im Licht der ewigen Flammen, die die Hölle erleuchten.

»... wow ...«, murmelt Beatrice neben mir.

»Nicht schlecht, was?«, erwidere ich und kann mir ein selbstgefälliges Grinsen nicht verkneifen. »Er weiß wie man lebt. Ich meine, wenn man schon in der Hölle lebt, warum dann nicht in Stil? «

Beatrice wirft mir einen Seitenblick zu. »Ich bezweifle, dass Stil Mammons Hauptanliegen war, als er diesen Ort gebaut hat. «

»Ach, komm schon«, sage ich und winke ab. »Ein bisschen Anerkennung für architektonische Meisterleistung schadet nie. Auch wenn es die Hölle ist.«

Wir treten näher an das gewaltige Tor heran, das den Eingang zur Festung markiert. Es ist massiv, aus dem gleichen glänzenden Gold wie der Rest der Festung, mit komplizierten Verzierungen und Symbolen, die ich nicht kennte. Ich strecke meine Hand aus, um die Oberfläche zu berühren, halb erwartend, dass sie heiß sein würde, wie die Luft um uns herum, aber sie ist kühl unter meinen Fingern.

»Bereit?«, frage ich Beatrice, während ich mich dem Tor zuwende.

Sie nickt nur leicht, ihre Augen fest auf das Tor gerichtet. »... so bereit, wie ich eben sein kann, wenn ich vorhabe mich einem Prinzen der Hölle entgegenzustellen ...«

Ich grinse in mich hinein und drücke gegen das Tor. Zu meiner Überraschung gibt es nach, sehr viel leichter, als ich erwartet habe, und schwingt mit einem kaum wahrnehmbaren Quietschen auf. Wir treten ein und finden uns in einem riesigen Vorhof wieder, der von den gleichen goldenen Mauern umgeben ist. Der Boden unter unseren Füßen ist gepflastert mit Steinen, die im Licht schimmern und in der Mitte des Hofes sprudelt ein Brunnen, dessen

Wasser im Licht funkelt.

»Sieht aus, als hätte Mammon einen Hang zum Dramatischen«, bemerke ich und sehe mich um.

»Du meinst, abgesehen davon, dass er ein Höllenprinz ist?«, erwidert Beatrice trocken.

»Nun, ja. Das auch.«

Wir gehen weiter, durch den Vorhof und in die Festung hinein. Der Innenraum ist genauso beeindruckend wie das Äußere, mit hohen Decken, die von goldenen Säulen gestützt werden und Wänden, die mit Kunstwerken verziert sind, die Szenen von ... nun, ich will lieber nicht zu genau hinsehen ... Aber es sind Szenen von Menschen, die leiden und Höllenqualen erleben.

»Es ist ... beindruckend ...«, sagt Beatrice leise, während sie neben mir hergeht.

»Beeindruckend und mehr als tödlich«, erwidere ich. »Ein bisschen wie du.«

Sie wirft mir einen Blick zu, der sagt, dass sie nicht sicher ist, ob sie das als Kompliment auffassen sollte, aber ich grinse nur und gehe nicht weiter darauf ein.

Wir werden von einem Meer aus verlorenen Seelen begrüßt, ihre Augen leer und hoffnungslos, während sie durch die dunklen Hallen wandern, gefangen in einem ewigen Albtraum aus Gier und Verzweiflung. Aber wo sind die Wachen? Wo sind Mammons Dämonen? Wieso nur ist die Festung so verlassen?

Beatrice zieht ihre Waffe, ihre Augen fest auf die Seelen gerichtet, die uns entgegenkommen. Ihre Bewegungen sind verzweifelt, wild. »Sam, wir können sie nicht einfach töten. Sie sind verloren, nicht böse.«

Meine Hand ist fest um den Griff meines Schwertes gelegt, aber ich nicke ihr zustimmend zu. »So lange sie uns nicht angreifen gebe ich dir Recht. Aber wir werden tun, was wir tun müssen, wenn sie nicht mehr friedlich sind. Wir werden nicht vergessen, dass sie einmal Menschen waren.«

Wir bewegen uns weiter durch die Festung, kämpfen gegen die vereinzelten verlorenen Seelen, die sich uns entgegenstellten, während wir tiefer in die Dunkelheit vordringen. Die meisten von ihnen beachten uns nicht weiter. Beatrice bewegt sich mit einer Anmut und Geschicklichkeit, die mich wirklich beeindruckt. Ihre Bewegungen sind präzise und tödlich, während sie die Seelen mit einem Minimum an Leid erlöst. Sie waren selbst schuld. Sie hätten uns einfach nicht angreifen dürfen.

»Du bist wirklich gut«, sage ich anerkennend. Unsere Schritte hallen durch die fast verlassenen Hallen.

»Ich habe mein ganzes Leben lang trainiert, Sam. Ich werde nicht versagen. Wer sich uns in den Weg stellt wird vernichtet werden ...«

Doch während wir weitergehen, kann ich die dunkle Macht in mir spüren, wie sie immer weiter wächst, genährt von der Gier, die Mammon ausstrahlt, von der Verzweiflung, die die verlorenen Seelen um uns herum erfüllt. Die Gier, die sich tief in mir manifestiert. Es ist mehr als verführerisch. Sie ist überwältigend und ich kann spüren, wie sie an meinen Widerständen nagt. Wie sie versucht mich zu übernehmen.

»Sam, alles Ok mit dir? Ich kann es in dir spüren. Die Verderbnis wird stärker, oder? Du musst dagegen ankämpfen.«

Ich schaue ihr tief in ihre Augen. »Nein, ich werde sie nicht bekämpfen. Ich werde sie nutzen. Ich bin stärker als die Verderbnis, Beatrice. Ich werde nicht zulassen, dass es mich übernimmt. Ich werde sie in all ihrer Macht auskosten und für mich selbst verwenden ...«

Sie legt ihre Hand auf meine Schulter. »Pass auf dich auf Sam. Ich kann mir gar nicht vorstellen, wie es sich anfühlt die Seele eines Höllenprinzen in sich zu haben. Verlier dich bitte nicht ...«

»Ich werde mich nicht verlieren. Ich werde nur

als etwas Größeres aus der Verbindung hervorgehen.«

Nach ein paar Schritten, die wir weitergehen dreht sich Beatrice zu mir und sagt. »Selbst ich kann sie spüren. Mammons Präsenz. Es ist überwältigend. Er kann nicht mehr weit weg sein ...«

»Dann wird es langsam Zeit für Spaß.« Ich verstärke den Griff um mein Schwert in meiner Hand. Ich kann es gar nicht erwarten, meine Klinge Blut kosten zu lassen.

KAPITEL 6:

#

Jeder Schritt von uns hallt durch die endlosen Gänge, und ich kann die Gier, die die Mauern durchdringt, in meiner Brust spüren, ein dunkles, verführerisches Flüstern, das nach meiner Seele greift.

»Dieser Ort ... er ist mit Verzweiflung und Dunkelheit gefüllt.«

Ich nicke, meine Augen durchdringen die Umgebung, suchen nach jeder Bewegung, jedem Anzeichen von Gefahr. »Mammon zieht seine Macht aus der Gier und Verzweiflung der Seelen, die er versklavt. Jeder Stein, jede Mauer hier ist mit dem Leid der Verdammten durchtränkt.«

Plötzlich, aus den Schatten, schießen groteske

Kreaturen hervor, ihre Augen glühen mit einer bösartigen Gier, während sie sich auf uns stürzen. Endlich. Mammons Diener. Jetzt wird es langsam interessant.

Beatrice bewegt sich mit einer tödlichen Anmut durch sie hindurch. Ihre Waffen blitzen im fahlen Licht auf, während sie die Kreaturen mit präzisen, tödlichen Schlägen niederstreckt. Ich kämpfe an ihrer Seite, meine eigenen Waffen tanzten durch die Dämmerung, während wir gegen die Diener Mammons kämpfen.

»Sam!« Beatrices Ruf lenkt mich kurzzeitig ab, während ich eine Kreatur nach der anderen niederstrecke.

Ich drehe mich zu ihr um, meine Waffen in der Hand, während ich die Kreaturen weiter niederstrecke, die sich uns entgegenwerfen. »Ich bin hier, Beatrice! Halte durch!«

Gemeinsam kämpfen wir, bis die letzten der Kreaturen zu Asche zerfallen. Ihre Seelen werden mit einem letzten Schrei der Verzweiflung in die Dunkelheit entlassen. Am Ende bleibt nur Asche und Rauch. Sie fallen hier in der Hölle genauso leicht wie auf der Erde. Wann wird es denn endlich etwas anspruchsvoller?

Beatrice keucht während wir in der Dunkelheit stehen, umgeben von den Überresten unserer

Feinde. »Sam, wir können das schaffen. Wir müssen.«

»Wir werden es schaffen, Beatrice. Das sind keine Gegner für uns, das sind nur unwürdige Kreaturen, die uns nicht das Wasser reichen können. Wir werden Mammon finden, und wir werden ihn zerstören.«

Weiter geht es durch die Festung, unsere Waffen immer bereit, während wir uns Mammons Thronsaal nähern. Unsere Entschlossenheit ist unerschütterlich. Bald werden wir uns dem nächsten Prinzen der Hölle stellen.

Die dunklen Hallen von Mammons Festung scheinen mit einer unsichtbaren, erstickenden Energie geladen zu sein, die sich wie eine zweite Haut um mich legt. Jeder Schritt, den Beatrice und ich durch die schattenverhüllten Korridore machen, scheint die Präsenz der Gier, die hier herrscht, weiter zu verstärken.

Beatrices Stimme ist ein gedämpftes Echo in der Dunkelheit, »Fühlst du das auch? Diese ... Gier, die alles durchdringt?«

»Ja, ich spüre es, Beatrice. Es ist, als ob die Wände selbst uns verschlingen wollen, uns in Mammons Kontrolle ziehen wollen. Aber das wird ihr nicht gelingen.«

Sie schaut mich an, ihre Augen funkelten mit

einer Mischung aus Entschlossenheit und Furcht. »Wir dürfen nicht zulassen, dass es uns beeinflusst, Sam. Wir müssen stark bleiben.«

Ich lache leise auf, ein dunkles, hohles Geräusch, das durch die endlosen Gänge hallte. »Stark bleiben? Beatrice, ich bin die Stärke selbst. Ich bin Samuel Hellsworth, der Dämonentöter, der Mann, der Luzi selbst besiegt hat. Glaubst du wirklich, dass Mammons kleine Tricks mich beeinflussen könnten? Er wird genauso Fallen, wie all die Dämonen zuvor, genauso wie Luzi vor ihm ...«

Ihre Hand berührt sanft meine Wange, und für einen Moment ist die Hölle um uns herum vergessen. »Sam, du bist stark, ja. Aber du bist auch ein Mensch, vergiss das nicht. Und jeder Mensch kann fallen, wenn er nicht aufpasst. Die Dämonen wissen, wie sie uns manipulieren können. «

Ich schaue ihr tief in ihre Augen, und für einen Moment bin ich verloren in dem Licht, das ich darin finde. Doch dann ziehe ich mich zurück, meine alte Maske der Überheblichkeit wieder fest an Ort und Stelle. »Ich falle nicht, Beatrice. Ich bin derjenige, der andere fallen lässt.«

Nur noch ein Gang vor uns. Wir können die große Doppeltür, die in den Thronsaal führt bereits sehen. Und die Gier um uns herum wächst weiter, um weiter näher wir uns Mammon nähern. Eine dunkle, verführerische Melodie, die in meinen Ohren spielt, die mich mit Versprechungen von Macht und Kontrolle lockt.

»Sam, ich habe Angst. Nicht um mich, sondern um dich. Ich habe Angst, dass du dich in dieser Dunkelheit verlierst.«

»Ich verliere mich nicht, Beatrice. Ich bin genau da, wo ich sein will.«

»Sam ... ich ... ich wollte dir danken. Für alles.«

»Du musst dich nicht bedanken, Beatrice. Das ist meine Schlacht genauso wie deine.«

Sie schüttelt ihren Kopf, ihre Augen funkeln mit unausgesprochenen Worten. »Nein, Sam. Das ist mehr als nur eine Schlacht. Das ist ... das ist etwas, das ich noch nie zuvor gefühlt habe ...«

Ich ziehe sie näher an mich, irgendetwas in mir bringt mich dazu und meine Lippen finden ihre, während die Gefahren um uns herum verschwinden, ersetzt durch den Funken, der zwischen uns brennt. Doch so schnell wie es kam, ist es vorbei, und ich ziehe mich wieder zurück, meine Augen fest auf das vor uns gerichtet. »Wir haben jetzt keine Zeit dafür ... Wir haben einen Kampf zu gewinnen. Wir müssen Ethan finden ...«

»Ja, du hast recht Lass uns gehen. Aber ... Ich weiß, dass dies nicht der richtige Moment ist, aber ich muss es dir sagen. Ich ... ich habe wirklich tiefe

Gefühle für dich entwickelt.«

Ich halte kurz inne. »Beatrice, wir sind in der Hölle, auf einer Mission, um deinen Bruder zu retten und Mammon zu vernichten. Jetzt ist wahrlich nicht die Zeit für Gefühle. Lass uns das erst zu Ende bringen und dann können wir reden.«

»Sam, ich weiß, dass du diese Mauer um dich herum errichtet hast, aber ich sehe mehr in dir. Ich sehe den Mann hinter der Maske, und ich ... ich mag wirklich, was ich sehe.«

»Du siehst nur das, was ich dir erlaube zu sehen, Beatrice. Und jetzt ist nicht die Zeit, um darüber zu sprechen. Wir haben eine Mission.«

Sie sieht mich ungläubig an, ihre Augen funkelten mit unausgesprochenen Worten, doch sie nickt langsam. »In Ordnung. Aber wenn das alles hier vorbei ist, werden wir darüber reden. Du kannst dich nicht für immer hinter deiner Maske verstecken.«

»Wir werden sehen, Beatrice. Jetzt lass uns weitermachen.«

Nur ein paar Schritte weiter stehen wir vor der Tür. Ihne zu Zögern öffne ich sie und trete in Mammons Thronsaal ein. Was wird uns dahinter erwarten? Ist er alleine? Hat er seine Diener bei sich? Egal was kommt, ich werde gewinnen.

»Willkommen, Samuel Hellsworth«, Mammons

Stimme ist ein dunkles, verführerisches Flüstern in meinem Kopf, »ich habe auf dich gewartet.«

Ich halte inne. Meine Augen suchen den Thronsaal ab, während ich spreche. »Gut! Ich bin hier, Mammon, hier um dich zu vernichten!«

Sein Lachen ist ein dunkles, böses Geräusch, das durch die Dunkelheit hallt. »Du glaubst, du kannst mich vernichten, Samuel? Du, ein einfacher Mensch, der von der Gier verzehrt wird?«

Ich nehme mein Schwert nun in beide Hände, bereit auf ihn loszugehen. »Ich werde dich vernichten, Mammon. Und ich werde deine Seele in mich aufnehmen. Komm nur her!«

Er tritt hinter seinem Thron hervor. Noch immer in seiner menschlichen Gestalt, die wir auf dem Fest bereits gesehen haben.

»Komm her, Samuel! Komm und versuche, mich zu vernichten. Und dann wirst du sehen, wie die wahre Macht der Gier aussieht.«

Ich hebe angriffsbereit mein Schwert, meine Augen fest auf Mammon gerichtet, während ich ihm antworte. »Bereite dich vor, Mammon. Dein Ende ist gekommen.«

KAPITEL 7:

MAMMONS SPIEL

Mammon thront vor uns. Er denkt er hat nichts von uns zu Befürchten. Wie überrascht er sein wird, wenn er meine wahre Macht erkennt. Seine Augen, leuchtend und kalt, fixieren uns mit einer Mischung aus Amüsement und Verachtung.

»Samuel Hellsworth. Der Mann, der glaubt, er könne die Hölle zähmen. Und wer ist das an deiner Seite? Ein weiteres Opfer deiner verblendeten Mission?«

Beatrice tritt vor, ihre Augen blitzen trotzig auf. »Ich bin hier, um meinen Bruder zu retten, Dämon. Und ich werde nicht zulassen, dass du uns aufhältst.«

Mammon lacht, ein Klang so kalt und grausam wie die Dunkelheit selbst. »Natürlich erkenne ich dich Beatrice. Wie könnte ich dich und deinen Bruder je vergessen. Oder eure Eltern und deren Eltern. Ach ja, Ethan. Er hat mir viel über dich erzählt, Beatrice. Über deine Schwächen, deine Ängste. Er ist sehr ... aufschlussreich gewesen.«

Ich spüre, wie Beatrice neben mir zittert, doch ihre Stimme bleibt gleichbleibend fest. »Du lügst. Ethan würde niemals gegen mich sprechen.«

Mammon lehnt sich vor und seine Augen bohren sich in ihre. »Glaubst du das wirklich, mein Kind? Glaubst du, dass die Bande der Familie stärker sind als die Macht der Hölle? Du bist naiver, als ich dachte.«

Ich lege meine Hand auf Beatrices Schulter, während ich Mammon direkt anschaue. »Genug deiner Psychospiele, Mammon. Wir sind hier, um dich zu vernichten und nichts, was du sagst, wird uns aufhalten.«

Mammon richtet seine Aufmerksamkeit nun komplett auf mich. Ein grausames Lächeln umspielt nun seine Lippen. »Samuel, Samuel. Immer so sicher, immer so überzeugt von deiner eigenen Macht. Doch ich sehe die Dunkelheit in dir. Den Stolz. Aber auch die Gier, die dich von innen heraus verzehrt. Du bist nicht anders als ich. Nichts weiter als ein weiterer Dämon in Menschengestalt.«

Ich lache höhnisch, obwohl sein Wort einen Nerv getroffen hat. »Ich bin nicht wie du, Mammon. Ich bin nicht von Gier verzehrt. Ich kontrolliere sie!«

Mammon geht ein paar Schritte auf uns zu, jede Bewegung schwer und bedrohlich. Er enthüllt nun seine wahre Form, eine Verwandlung, die innerhalb von Sekundenbruchteilen erfolgt und ihn in eine monströse Kreatur verwandelt, die scheinbar direkt aus den dunkelsten Ecken der Hölle stammt. Sein Körper dehnt sich aus, wird größer und muskulöser, während seine Haut in ein tiefes, unnatürliches Schwarz übergeht, das das wenige Licht im Raum zu verschlucken scheint.

Aus seinem Rücken schießen mehrere lange, spitze Knochenstacheln hervor, die wie die Äste eines verfluchten Baumes in den Raum ragen. Sein Gesicht verzerrt sich, die Züge werden schärfer, fast skelettartig, mit glühend roten Augen, die vor Gier und Bosheit brennen. Seine Hände verwandeln sich in große, krallenbewehrte Pranken, die in der Luft knisternde, dunkle Energie sammeln.

»Wir werden sehen, Samuel. Wir werden sehen, wie viel Kontrolle du wirklich hast, wenn alles, was du liebst, in Flammen steht«, zischt Mammon mit einer Stimme, die tief und resonant ist, ein Echo aus einem Albtraum. »Es waren schon viele vor dir der Überzeugung, die Gier beherrschen zu können, aber sie alle haben versagt ...«

Mit einer dramatischen Bewegung seiner Hand entfesselt er eine Welle dunkler Energie, die durch den Raum fegt. Diese Energie manifestiert sich als ein wirbelnder, schwarzer Nebel, der alles auf seinem Weg zu erdrücken scheint. Beatrice und ich werden durch diese gewaltige Kraft zurückgeworfen, unsere Waffen fliegen klirrend aus unseren Händen. Der Aufprall gegen die Wand raubt mir fast den Atem, aber ich presse meine Zähne zusammen.

Doch ich werde nicht so leicht aufgeben. Trotz des Schmerzes, der durch meinen Körper jagt, und der überwältigenden Präsenz Mammons, der nun in seiner wahren, dämonischen Gestalt vor uns steht, finde ich die Kraft, mich wieder aufzurichten. »Ich werde nicht zulassen, dass Mammon gewinnt«, flüstere ich, mehr zu mir selbst, als ich meine Füße wieder unter mich bringe, bereit, weiterzukämpfen.

Ich kämpfe mich auf die Beine, meine Augen fest auf Mammon gerichtet. »Lass deine Zaubertricks und kämpfe wie ein Mann. Du wirst nicht gewinnen, Mammon. Ich werde dich vernichten und die Hölle selbst wird vor mir zittern.«

Mammon lacht, während die Dunkelheit um ihn herumwirbelt. »Komm nur. Zeig mir, wie du die

Hölle zähmen willst. Zeig mir, wie du gegen die Dunkelheit in dir selbst kämpfst. Und dann, wenn du am Boden liegst, werde ich dir zeigen, wie die wahre Macht der Gier aussieht.«

Ich stürze vorwärts, meine Wut und Entschlossenheit als meine Waffen. Mammons Lachen ist ein verzerrtes Echo von Triumph, während er seine linke Hand hebt und eine Vision vor uns entfaltet. Ethan, Beatrices Bruder, gefesselt, sein Gesicht verzerrt vor Schmerz und Angst.

»Siehst du, Beatrice?« Mammons Stimme ist ein giftiges Flüstern, das sich durch den Raum schlängelt. »Dein Bruder leidet, und es ist alles deine Schuld. Du hast ihn hierhergebracht. Du hast ihn mir übergeben ...«

Beatrice keucht, ihre Augen auf die Vision ihres Bruders gerichtet, aber ihre Stimme, als sie sprach, ist fest. »Du bist ein Lügner, Mammon. Und ich werde dich nicht gewinnen lassen.«

Mammon verhöhnt uns, während die Vision von Ethan zu verschwinden beginnt. »Wir werden sehen, Beatrice. Wir werden sehen, wie stark du wirklich bist, wenn du deinem Bruder ins Auge siehst und ihm sagst, dass du ihn im Stich gelassen hast.«

»Genug deiner lächerlichen Spiele, Mammon. Du wirst uns nicht brechen. Du wirst uns nicht besiegen.«

Mammon sieht mich finstern an. Seine Augen funkeln mit böser Vorfreude. »Ach, Samuel. Du verstehst es immer noch nicht, oder? Du bist bereits gebrochen. Die Gier hat dich bereits verzehrt. Du kämpfst für nichts. Du erkennst es nur noch nicht.«

»Ich kämpfe für mehr, als du je verstehen wirst, Mammon. Und ich werde nicht aufhören, bis du vernichtet bist.«

Mammon hebt seine beiden Hände in die Luft und zeichnet mir unbekannte Symbole in die Luft und plötzlich sind wir umgeben von Illusionen, Visionen von unseren schlimmsten Ängsten und dunkelsten Momenten. Ich sehe mich selbst, verzehrt von der Gier, meine Augen leer und kalt, während ich alles zerstöre, was ich liebe. Ich bin alleine. Ich habe nichts mehr für das es sich zu Kämpfen lohnt.

Beatrice steht neben mir, ihre Augen weit aufgerissen, während sie ihre eigenen Dämonen ansieht. Doch sie schüttelt den Kopf. »Das ist nicht real, Sam! Das sind nur Mammons Lügen!«

Ich nicke schwach. Meine Augen sind immer noch fest auf die Illusion von mir selbst gerichtet. Alles wirkt so echt. So Real. So unaufhaltbar. »Ich weiß, dass es nicht real ist, Beatrice. Aber es ist so verdammt schwer, nicht hinzusehen.«

Ich spüre ihre Hand auf meine Schulter. »Wir müssen stark bleiben, Sam. Wir müssen gegen

Mammons Lügen kämpfen und ihn besiegen. Für Ethan. Für uns alle.«

Ich lege meine linke Hand über ihre, während wir uns beide Mammon zuwenden, unsere Augen nun fest auf ihn gerichtet verschwimmen die Illusionen für uns, auch wenn sie uns immer noch umgeben. »Wir werden dich besiegen, Mammon. Deine Lügen haben keine Macht über uns.«

Mammons Illusionen wirbeln weiterhin um uns herum. Zeigen uns unsere vermeintliche Zukunft. »Wir werden sehen, Samuel. Wir werden sehen, wie stark du wirklich bist, wenn die Dunkelheit dich von innen heraus verzehrt. Ich sehe Dinge, die sich dir noch nicht offenbaren ...«

Ich stürze vorwärts. Beatrice folgt mir augenblicklich. Unsere Waffen sind erhoben, während wir gegen Mammons Illusionen bekämpften, unsere eigenen Ängste und Unsicherheiten gegen uns verwendend. Doch wir werden nicht aufgeben. Wir werden nicht zulassen, dass die Dunkelheit siegt.

Die Illusionen, die Mammon erschafft, sind verstörend realistisch und zielen präzise auf unsere innersten Ängste und Unsicherheiten. Ein Spiegelbild meiner selbst, getrieben von unersättlichem Machthunger, greift nach mir. Die Augen meines Spiegelbildes nur eine fahle Erinnerung an die meinen. Sie sind dunkel und leer. Beatrice kämpft zeitgleich gegen eine Version von sich, die in Tränen aufgelöst ist, gebrochen durch den endgültigen Verlust ihres Bruders.

Ich schwinge mein Schwert mit beiden Händen, durchtrenne die Illusion. Doch sie formt sich wieder, verhöhnt mich. »Du kannst mich nicht besiegen, Sam!«, spottet meine Doppelgänger, »ich bin ein Teil von dir. Ich bin du!«

Beatrice schreit, während sie ihre eigene Illusion mit einem mächtigen Schlag niederstreckt. »Du bist nicht real!« ruft sie, ihre Stimme ein verzweifelter Kampfschrei gegen die Dunkelheit.

Ich konzentriere mich, erinnere mich an die Wahrheit, dass dies Mammons Spiel ist, seine verdammte Illusion. Mit einem Brüllen der Entschlossenheit durchtrenne ich meine Illusion erneut, diesmal mit einer Welle reiner, konzentrierter Energie, die von der schwarzen Dämonenseele in meiner Brust ausgeht. Ich lass Luzifers Macht durch meinen Körper durchfluten. Die Illusion zersplittert diesmal in tausende kleiner Splitter, verschwindet zu einem Hauch von Nebel.

Beatrice, inspiriert von meiner Aktion, konzentriert ihre eigene Energie und auch ohne dämonische Hilfe zerstört sie ihre eigene Illusion mit einem mächtigen, leuchtenden Schlag. Wir stehen jetzt da, unsere Augen treffen sich für den Bruchteil einer Sekunde, aber in diesem Moment verstehe ich die Stärke, die in unserer Verbindung liegt.

Mammon, nun sichtlich verärgert, geht weiter auf uns zu, seine Augen funkelten gefährlich. »Du denkst, du hast gewonnen, Samuel? Du denkst, du kannst mich besiegen?«

Ich gehe ihm entgegen, mein Schwert fest in meiner Hand, die Spitze direkt auf Mammon gerichtet. »Ich weiß, dass ich dich besiegen kann, Mammon. Deine Spiele haben keine Macht über mich.«

Es gibt einen Anflug von Unsicherheit in seinem Blick. »Du bist ein Narr, Samuel. Du verstehst nicht die Macht, mit der du es zu tun hast.«

Ich grinse ihn herausfordern an, meine Stimme ruhig und sicher. »Oh, ich verstehe, Mammon. Ich verstehe besser, als du denkst. Und ich habe keine Angst vor dir.«

Beatrice tritt an meine Seite. »Wir haben keine Angst vor dir, Mammon. Und wir werden dich bis zum Ende bekämpfen.«

Mammon knurrt, eine Welle dunkler Energie pulsiert von ihm aus, doch ich bleibe stehen, unerschütterlich. »Dies ist das Ende, Mammon. Dein Reich der Gier endet hier und jetzt.«

Mammon, seine Augen funkelnd, mit einer Mischung aus Wut und Amüsement, hebt erneut seine linke Hand, und ein Höllenportal reißt neben ihm auf. Dunkle Energiewellen pulsieren um dessen Rand.

»Du denkst, du hast mich besiegt, Samuel?« Seine Stimme war ein zischendes Echo im Raum, während er schnell zur Seite in das Portal trat. »Dies ist nur der Anfang!«

Ich stürme vor, mein Schwert erhoben, doch mit einem letzten, höhnischen Lachen verschwindet Mammon durch das Portal, und es schließt sich mit einem lauten Knall hinter ihm.

Wut brodelt in mir auf, und ich schlage mit meinem Schwert gegen die nächste Wand. »Verdammt! Was für ein verfluchter Feigling!«

Beatrice legt vorsichtig von hinten ihre Hand auf meine Schulter. »Sam, wir werden ihn finden. Wir werden Ethan retten und Mammon für alles bezahlen lassen, was er getan hat.«

Ich drehe mich zu ihr um. »Er spielt mit uns, Beatrice. Das alles ist nicht mehr als ein gottverdammtes Spiel für ihn … Er denkt, er kann uns kontrollieren, uns mit unserer eigenen Gier und Angst brechen.«

»Aber er hat sich geirrt. Wir werden stärker daraus hervorgehen, Sam. Und wir werden ihn besiegen. Wir haben es immerhin geschafft seine Illusionen zu brechen. Ich denke nicht, dass das vielen vor uns gelungen ist. Er ist verwundbar und er weiß es.«

Ich seufze, steckte mein Schwert weg und sehe sie fragend an. »Ich habe so viele Fehler gemacht, Beatrice. Ich habe vieles in meinem Leben falsch gemacht. Alleine vor meinem Kampf gegen Luzi habe ich ein den Fehler gemacht ein armes, unschuldiges Mädchen nicht retten zu können. Sie ist vor meinen Augen gestorben ... Und jetzt ... ich habe zugelassen, dass die Gier mich kontrolliert, dass sie mich zu dem macht, was ich am meisten verachte.«

Beatrice tritt näher und ihre Hand berührt mein Gesicht zärtlich. »Du bist nicht wie sie, Sam. Du hast vielleicht einen Dämon in dir, aber du bist keiner. Du kämpfst gegen die Dunkelheit. Gegen die Dämonen. Und das Tag für Tag. Und das macht dich stärker. Stärker als Mammon jemals sein wird.«

Ich schließe meine Augen, lehne meine Stirn gegen ihre. »Ich habe Angst, Beatrice. Angst, dass ich eines Tages der Dunkelheit nachgeben werde, dass ich alles verlieren werde, was mir wichtig ist.«

Sie schaut mir fest in die Augen. »Mir gegenüber kannst du es zugeben. Vertraue auf deine Gefühle. Ich habe auch Angst, Sam. Aber ich weiß, dass wir das durchstehen können, solange wir zusammen sind. Solange wir füreinander kämpfen.«

Ich nehme ihre Hand. »Wir werden Mammon

finden, Beatrice. Wir werden Ethan retten und Mammon für alles bezahlen lassen, was er getan hat.«

Sie drückt meine Hand. »Gemeinsam, Sam. Wir werden das gemeinsam tun.«

Die Atmosphäre im Thronsaal ist noch immer erfüllt von der dunklen Präsenz Mammons, selbst nachdem er durch das Portal verschwunden ist. Ich und Beatrice, unsere Blicke fest und entschlossen, wenden uns von dem nun leeren Thron ab und machen uns auf den Weg zu den Verliesen der Festung, in der Hoffnung, Beatrices Bruder Ethan zu finden. Es ist das Naheliegendste. Und auch wenn er nicht dort sein sollte. Irgendwas müssen wir nun tun, wir können nicht einfach jetzt nach dieser zermürbenden Konfrontation mit Mammon zurück zur Erde gehen.

Der Weg dorthin ist alles andere als einfach. Die Festung, einst wohl prächtig und nun bereits leicht verfallen, ist ein Labyrinth aus verwinkelten Gängen und versteckten Fallen, ein Spiegelbild von Mammons verdrehter Seele. Die Wände, einst mit prächtigen Tapisserien und Kunstwerken geschmückt, sind nun mit Schatten und Verzweiflung getränkt, ein ständiger, unheimlicher Beweis für die Grausamkeit und Gier des Fürsten der Hölle.

Meine Augen sind ständig in Bewegung, bereit

jegliche Dämonen auf unserem Weg zu strecken. Ich gehe voran und führe den Weg. Beatrice, obwohl sichtlich besorgt um ihren Bruder, bewegt sich mit einer Anmut und Entschlossenheit, die ihre innere Stärke verrät.

»Wir werden ihn finden, Beatrice,« murmele ich ihr zu, meine Stimme ein leises, aber dennoch festes Versprechen in der Dunkelheit der Gänge.

»Ich weiß, Sam. Und wenn wir ihn finden, werden wir ihn auch retten.«

Die Verliese der Festung sind noch schlimmer als der Rest. Ein düsterer, feuchter Ort, an dem die Schreie der Verzweifelten wie ein Echo durch die engen, steinernen Gänge hallen. Der Geruch von Angst und Verfall hängt schwer in der Luft, eine dichte, fast greifbare Präsenz, die unsere Kleidung und Haut durchdringt. Die Wände sind mit Moos und Schimmel bedeckt, und das spärliche Licht, das durch vereinzelte, vergitterte Fenster fällt, wirft gespenstische Schatten, die auf den feuchten Steinmauern tanzen.

Wir bewegen uns vorsichtig vorwärts, unsere Schritte hallen gedämpft zurück von den kalten, feuchten Wänden. Jeder Schritt, den wir tiefer in die Verliese vordringen, scheint die Schreie lauter und die Präsenz der verlorenen Seelen, die Mammon gefangen hält, immer erdrückender zu machen. Die

Luft ist kalt und klamm, und jeder Atemzug fühlt sich an, als würden wir die Verzweiflung selbst einatmen.

Trotz der erdrückenden Dunkelheit und des omnipräsenten Gefühls von Hoffnungslosigkeit, das diesen Ort durchdringt, bleiben wir fokussiert, getrieben von der Hoffnung, Ethan zu finden und ihn aus diesem Ort der Verzweiflung zu befreien. Unsere Lampen werfen nur ein schwaches Licht, das gerade ausreicht, um die nächstgelegenen Oberflächen zu erhellen, und enthüllen eine Szenerie des Jammers: Ketten hängen von den Wänden, rostig und kalt, und in den Ecken der Zellen kauern Gestalten, zusammengesunken, von der Last ihrer ewigen Qual gezeichnet.

Und dann, nachdem wir minutenlang durch endlose, labyrinthische Gänge und vorbei an zahllosen Zellen voller verlorener Seelen gegangen sind, die kaum mehr als flüsternde Schatten ihrer selbst sind, finden wir ihn. Ethan.

Er ist wirklich hier. In einer abgelegenen, düsteren Zelle entdecken wir seine Gestalt, zusammengesunken in einer Ecke. Seine Haut ist blass, fast durchscheinend, und seine Augen, schwarz und leer, scheinen nicht mehr seine eigenen zu sein. Doch trotz seines verwahrlosten Zustands und der Dunkelheit, die ihn zu umgeben scheint, ist da noch immer ein Funken, ein schwacher Schimmer von dem Mann, den Beatrice kennt und liebt.

Die Erleichterung, ihn gefunden zu haben, mischt sich mit einer tiefen, nagenden Sorge. Wir wissen, dass wir nicht viel Zeit haben und dass die Herausforderung, Ethan von hier wegzubringen, gewaltig sein wird. Doch dieser Moment, ihn hier in dieser trostlosen Dunkelheit zu finden, bestärkt uns nur in unserem Entschluss: Wir werden ihn hier nicht zurücklassen. Wir werden kämpfen, um ihn und alle anderen zu befreien, die durch Mammons grausame Hand gefangen gehalten werden.

»... Beatrice ...«, flüstert er, seine Stimme ein verzerrtes Echo. Irgendwie unmenschlich.

Sie tritt vor ihn, ihre Augen feucht vor Tränen. »Ethan, ich bin hier. Wir werden dich hier herausholen.«

Doch Ethan lacht nur, ein schauriges, unnatürliches Geräusch. »Es ist zu spät, Schwester. Mammon hat mich.«

Ich trete neben sie, sehe Ethan fest an. »Das werden wir noch sehen ...«

Wir suchen nach einer Möglichkeit, Ethan zu befreien, doch es ist klar, dass Mammons Griff fest ist.

Ich kann in seinen schwarzen Augen die Macht

Mammons sehen, kann direkt in die Augen Mammons selbst sehen. Und in diesem Augenblick wird es mir endlich klar.

»Beatrice, ich hab' es! Das ist Mammons wahre Schwäche.«

Sie wendet sich von ihrem Bruder ab und mustert mich fragend. »Seine Schwäche? Was meinst du?«

KAPITEL 8:

RÜCKKEHR ZUR ERDE

Es ist an der Zeit, auf die Erde zurückzukehren. Ich schließe die Augen und konzentriere mich, sammle die dunkle Energie in meinem Inneren, um ein Höllenportal zu öffnen, das uns zurückbringen soll. Das Portal, das sich vor uns materialisiert, ist zwar klein und wirkt recht instabil, pulsierend mit einem unruhigen Schimmern, das die Unberechenbarkeit der Höllenkräfte widerspiegelt, aber es sollte ausreichen. Es sollte lange genug stabil bleiben, um uns sicher zurückzubringen.

Während ich das Portal aktiviere, fühle ich, wie die rohe Energie durch meine Adern jagt, ein scharfes Prickeln, das fast schmerzhaft ist, aber gleichzeitig eine bizarre Form von Lebendigkeit vermittelt. Das Portal reißt die Wirklichkeit der Realität auf, und ein flackerndes Licht bricht durch die Dunkelheit der Hölle, beleuchtet unseren Weg zurück nach Hause.

Die Dunkelheit der Hölle weicht einem schimmernden Licht, als wir zu dritt, Ethan durch uns beide gestützt, durch das Höllenportal treten. Beim Übergang spüren wir, wie die erdrückende Hitze und der schwefelige Geruch der Hölle abrupt einem kühlen, frischen Luftzug weichen. Der Kontrast ist atemberaubend – die Erde empfängt uns mit dem sanften Licht des Mondes und einer Klarheit, die in der schwelenden, erstickenden Atmosphäre der Hölle undenkbar gewesen wäre.

Beatrice, deren Augen fest auf ihren Bruder gerichtet sind, hilft ihm durch das Portal. Ihre Bewegungen sind sanft, aber bestimmt, als sie die Schwelle überschreiten und den festen Boden der Erde unter ihren Füßen spüren. Ethan, obwohl schwach und immer noch von Mammons Einfluss gezeichnet, schafft es, mir einen dankbaren Blick zuzuwerfen.

»... danke ...«, murmelt er, seine Stimme leise und kaum mehr als ein Flüstern. Es ist ein Moment der Selbsterkenntnis für mich, doch ich kann nicht umhin, ein selbstgefälliges Lächeln aufzusetzen.

»Nun, habe ich dir nicht gesagt, dass ich der Beste bin?«, sage ich zu Beatrice, während ich Ethan weiter stütze und ihm auf die Schulter klopfe.

Beatrice, obwohl sichtlich erschöpft, kann nicht umhin, mich anzugrinsen. »Ja, das hast du, Sam. Und ich beginne zu glauben, dass du vielleicht wirklich recht damit hast. «

Gemeinsam bringen wir Ethan zu einem sicheren Ort, einem kleinen, abgelegenen Haus, das Beatrice als Zufluchtsort dient. Nur dort, weit entfernt von den Augen der Welt, kann sie sich darauf konzentrieren, ihn zu heilen und unsere nächsten Schritte zu planen. Die Rückkehr aus der Hölle hat uns nicht nur physisch, sondern auch emotional verändert, und ich weiß, dass die Kämpfe, die vor uns liegen, uns noch mehr fordern werden. Doch für jetzt, in diesem friedlichen Augenblick unter dem Mondlicht, erlauben wir uns einen Moment der Ruhe und der Hoffnung.

Während Beatrice sich um Ethan kümmert, gehe ich hinaus in die Nacht, mein Blick ist fest auf den Mond gerichtet. Ich kann die Macht Luzifers erneut in meiner Brust spüren, ein dunkles, pulsierendes etwas, das nach mehr verlangt. Nach etwas viel Größeren.

»Du denkst wirklich, du kannst mich kontrollieren, nicht wahr?« flüstere ich in der Dunkelheit in mich hinein. »Aber ich werde nicht so leicht besiegt. Ich fürchte mich vor nichts und niemanden, auch nicht von der Hölle und euch Dämonen ... Ihr werdet alle bald vor mir knien ...«

Nach dieser leisen Ansprache fühle ich wie sich die Macht in mir beruhigt. Ob es mein innerer Monolog war, oder die kühle Nachtluft vermag ich nicht zu sagen. Ich kehre entschlossen ins Haus zurück, wo Beatrice neben Ethan auf seinem Bett sitzt und seine Hand fest gedrückt hält. Sie sieht zu mir auf, als ich eintrete. Ihre Augen sind voller unausgesprochener Fragen.

»Was jetzt, Sam?« fragt sie mich leise.

Ich trete zu ihr, schaue auf Ethan hinab. »Jetzt heilen wir erstmal die gröbsten Wunden deines Bruders. Und dann gehen wir zurück und beenden das, was wir angefangen haben. Das nächste Mal entkommt mir Mammon nicht mehr ...«

Ich kann ihre Entschlossenheit trotz ihrer Erschöpfung klar sehen. »Ja, Sam. Ich werde dir erneut helfen. Wir werden das beenden.«

Und so, mit der Dunkelheit der Hölle hinter und der Ungewissheit der Zukunft vor uns, bereiten wir uns darauf vor, den Kampf gegen Mammon und die Dunkelheit, die er verbreitet, fortzusetzen. Doch trotz der Herausforderungen, die vor uns liegen werden, ist eines klar: Ich werde nicht aufgeben!

»Du brauchst mich hier nicht, oder? Ich muss nochmal raus und frische Luft schnappen.«

»Nein, geh nur. Ich bleibe erstmal hier bei Ethan.« Erneut trete ich hinaus in die Nacht und lehne mich gegen die raue Wand des kleinen Hauses, und halte meine Augen fest geschlossen, während ich tief in mich hineinhorche. Horche was Luzifer mir sagen will. Es ist ein ständiges Flüstern, ein Versprechen von Macht und Kontrolle, das ständig an den Rändern meines Bewusstseins lauert. Und es wird immer lauter.

»Sam?« Beatrices Stimme schneidet durch meine Gedanken, und ich öffnete meine Augen, um sie besorgt auf mich blicken zu sehen. »Er schläft ... geht es dir gut?«

Ich zwinge ein Lächeln auf meine Lippen, obwohl es wohl mehr wie ein Grinsen aussieht. »Ich bin in Ordnung, Beatrice. Nur ein wenig müde, das ist alles ...«

Sie tritt näher und legt ihre Hand leicht auf meinem Arm. »Du kannst mir nicht sagen, dass das alles ist. Ich habe gesehen, wie du gekämpft hast, wie du dich gegen etwas gewehrt hast. Und ich denke mittlerweile kenne ich dich. Kenne dich besser als du mir zugestehen willst. Na los ... öffne dich mir ...

bitte ... Was ist los?«

Ich seufze, lehne meinen Kopf nach hinten gegen die Wand. »Ach Beatrice, ich denke, es ist die Dämonenseele von Luzi. Sie will mehr, immer mehr. Und ich ... ich weiß nicht, wie lange ich noch widerstehen kann.«

Beatrices Augen sind fest auf mein Gesicht gerichtet, und ich kann die Sorge in ihren Tiefen sehen. »Du bist stark, Sam. Stärker als irgendein Dämon. Du wirst das nicht zulassen.«

Ich lache leise auf, obwohl es keinen Humor in dem Klang gibt. »Du verstehst es nicht, Beatrice. Es ist nicht nur die Seele. Es ist Luzifers Stolz in mir. Und es ist die Gier. Mammons Einfluss! Er ist in meinem verdammten Kopf. Er versucht, mich zu brechen. Und ich kann auch die anderen Prinzen in mir spüren ...«

Sie schüttelt den Kopf, ihre Hand nun fest auf meinem Arm. »Nein, Sam. Du wirst ihn nicht lassen. Wir werden das zusammen durchstehen, okay? Du und ich. Wir werden Mammon besiegen und deiner Seele Frieden bringen. Um die restlichen Prinzen kümmern wir uns dann im Anschluss. Einen nach den anderen.«

Ich sehe die Entschlossenheit in ihren Augen und irgendetwas in mir entspannt sich. »Zusammen?« frage ich sie. Sie nickt, ihre Hand streichelt sanft meine Wange. »Natürlich Zusammen, Sam. Wir werden die Dunkelheit besiegen und das Licht zurückbringen. Ich verspreche es dir.«

Und obwohl die Dunkelheit immer noch in mir lauert, obwohl die Gier und die Macht immer noch nach mir rufen, finde ich zumindest in diesem kurzen Moment, mit Beatrice an meiner Seite, einen Moment des Friedens. Ein Moment, in dem die Dunkelheit zurückweicht und das Licht durchscheinen kann.

Die Atmosphäre im kleinen, abgelegenen Haus ist paradoxerweise leicht, trotz der Schwere der Ereignisse, die wir gerade durchlebt haben. Wir sitzen zu dritt um einen alten, hölzernen Tisch, auf dem eine bescheidene Mahlzeit verteilt ist. Ethan, obwohl noch immer blass und sichtlich erschöpft, hat ein schwaches Lächeln auf den Lippen, während er zwischen seiner Schwester und mir hin und her blickt.

»Also«, beginnt Ethan, seine Stimme zittrig, aber fest, »Ihr beide habt mich aus der Hölle gerettet. Das ist ... das ist nicht gerade alltäglich, oder?«

Ich habe meine Füße lässig auf den Tisch gelegt und schenkte Ethan ein schiefes Grinsen. »Nun, für manche mag es ungewöhnlich sein, Ethan. Ungewöhnlich ist mein zweiter Vorname.«

Beatrice rollte mit den Augen, ein amüsiertes

Lächeln umspielt ihre Lippen. »Vergib ihm, Ethan. Sam hat eine Neigung zur Dramatik. Und ist mehr nur ein bisschen von sich überzeugt ...«

Ich hebe theatralisch meine rechte Hand an meine Brust. »Dramatik? Ich? Beatrice, du verletzt mich tief.«

Ethan lacht, und obwohl es schwach war, trug es eine echte Freude in sich. »Ich schulde euch beiden mein Leben. Wie kann ich das jemals wiedergutmachen?«

Ich winke ab »Du schuldest mir überhaupt nichts, Ethan. Und auch deiner Schwester nichts. Wir haben einfach nur getan, was getan werden musste. Mammon ist noch immer eine Bedrohung, und wir werden ihn gemeinsam aufhalten.«

Beatrice nickt, ihre Hand greift nach der ihres Bruders und drückt sie fest. »Sam hat recht. Wir sind eine Familie. Und Familien halten zusammen, egal was kommt.«

Ethans Augen glänzen feucht, als er zu seiner Schwester blickt. »Danke, Bea. Und danke, Sam. Ich weiß nicht, was ich ohne euch gemacht hätte.«

Ich stehe auf. Meine Stuhlbeine schaben über den Boden, und ich strecke mich, meine Muskeln zucken vor Anspannung und Erschöpfung. »Sparen wir uns die Danksagungen für nachdem wir Mammon in den Hintern getreten haben, ja? Es gibt noch viel zu tun.«

Beatrice steht ebenfalls auf, ihre Augen fest auf mich gerichtet. »Sam hat recht. Wir haben einen Moment zum Durchatmen gehabt, aber der Kampf ist noch nicht vorbei.«

Ethan nickt, ich kann seine Entschlossenheit in seinen Augen sehen. »Ja. Wir werden das durchstehen.«

Die Nacht legt sich sanft über die Stadt, und das Haus, in dem wir die letzten Stunden verbracht haben, ist von einer friedlichen Stille umgeben. Ethan hat sich bereits zurückgezogen, erschöpft von den Ereignissen und den Emotionen des Tages. Ich sitze mit Beatrice noch immer auf der kleinen Veranda vor dem Haus, eingehüllt in die Dunkelheit, nur das sanfte Glühen einer Straßenlaterne spendet uns ein wenig Licht.

Beatrice betrachtet den sternenklaren Himmel über uns. »Es ist so friedlich hier, nicht wahr? Fast als ob die Hölle und all das Böse, das wir gesehen haben, nur ein böser Traum wären.«

Ich nicke nur langsam, meine Augen ebenfalls fest auf den Nachthimmel über uns gerichtet. »Ja, es ist eine willkommene Abwechslung. Aber wir dürfen nicht vergessen, dass es da draußen immer noch eine Bedrohung gibt.«

Sie dreht ihren Kopf zu mir und ihre Augen suchen meine. »Ich weiß, Sam. Aber wir müssen aber auch leben, nicht wahr? Wir können nicht immer im Schatten der Hölle leben. Können nicht immer nur kämpfen.«

Mein Blick wandert zu ihr, und für einen Moment sehe ich etwas in ihren Augen, das mich tief berührt. »Beatrice, ich ...«

Sie legt sanft einen Finger auf meine Lippen, ihr Blick ernst. »Sam, ich weiß, dass du kämpfst, dass du gegen die Macht in dir ankämpfst. Aber du musst auch leben, du musst auch Momente des Glücks und der Freude zulassen. Deine Menschlichkeit zulassen.«

Ich schließe kurz die Augen, kämpfe gegen die Emotionen, die in mir aufsteigen. »Beatrice, ich will nicht, dass du verletzt wirst. Ich habe so viel Dunkelheit in mir, so viel Wut und Hass. Ich werde immer weiter gegen die Dämonen kämpfen. Ich kann dir dieses Leben nicht aufzwingen. Ich kann dir das nicht antun.«

Sie nimmt meine Hand, ihre Finger verschlingen sich mit meinen. »Sam, ich habe keine Angst vor deiner Dunkelheit. Ich sehe den Mann vor mir, der gegen Dämonen kämpft, der alles riskiert, um diejenigen zu schützen, die er liebt. Das ist der Mann, den ich sehe. Und das ist der Mann der du bleiben wirst.«

Ich muss hart schlucken »Beatrice, ich ...«

Sie zieht mich zu sich, ihre Lippen treffen meine in einem sanften, zärtlichen Kuss. Für einen Moment kann ich die Dunkelheit in mir vergessen. Es ist so als wäre Luzifer kein Teil von mir. Und ich verliere mich in der Süße des Moments.

Als wir uns schließlich voneinander lösen, legt Beatrice ihre Stirn gegen meine, ihre Augen fest in meine geblickt. »Lass mich in dein Herz, Sam. Lass mich deine Probleme mit dir teilen.«

Ich zögere. Meine Gedanken wirbeln. Doch dann nicke ich kaum merklich langsam. Als ich zu ihr spreche ist meine Stimme kaum hörbar. »... okay, Beatrice. Aber ich warne dich ... es wird kein leichter Weg werden ...«

Ihre Hand streichelt sanft meine Wange. »Ich habe nie einen leichten Weg gewählt. Und ich will dich, daher wähle ich den Weg, der mich zu dir führt. Egal wohin er uns führt.«

Und so, eingehüllt in die Dunkelheit der Nacht, finden wir zueinander, zwei verlorene Seelen, die im anderen Trost und Verständnis finden. Doch die Dunkelheit lauert immer noch da draußen und der Kampf ist noch lange nicht vorbei.

Die Morgensonne streift sanft durch die Vorhänge

von Beatrices Schlafzimmer, als ich, meine Augen noch halb geschlossen, aufstehe. Ich strecke mich, meine Muskeln protestieren leise gegen die Bewegung. Beatrice schläft noch, ihre Atmung ruhig und gleichmäßig. Ich betrachte sie einen Moment, dann siehe ich mich leise an und schleiche aus dem Zimmer. Als ich durch die Tür schreite, murmele ich leise »... Kaffee ...«

Doch der muss leider noch ein bisschen warten. Ich habe ein wichtiges Telefonat zu führen. Ich wähle Gregorys Nummer, während ich durch das stille Haus gehe. Er hat mir versprochen, Informationen über Mammon zu beschaffen, und ich hoffe, dass er neben den Dossier, das er uns zur Verfügung gestellt hat, noch etwas gefunden hat, das uns helfen kann.

Gregorys Stimme, rau und müde, erklingt am anderen Ende der Leitung. »Sam? So früh? Sonst bist du doch eher ne' Nachteule. Was gibt's?«

Ich zögere einen Moment, dann spreche ich. »Gregory, wir brauchen deine Hilfe. Mammon hatte Beatrices Bruder in seiner Gewalt. Er ist immer noch besessen und um ihn zu befreien, müssen wir ihn stoppen.«

Gregory seufzt. »Ich hatte befürchtet, dass so etwas passieren könnte. Ich habe ein Dossier über Mammon zusammengestellt, aber es ist nicht viel.

Mammon ist schlau, er lässt nicht viele Informationen über sich heraus.«

Ich lehne sich gegen die Wand in der Küche, während der Kaffee langsam durch die Maschine rinnt, nachdem ich sie eingeschaltet habe. Meine Stirn war in Falten gelegt. »Das Dossier war nicht mal schlecht. Aber wir brauchen mehr Infos. Wir müssen etwas finden. Eine Schwachstelle oder so was. Einen Weg, ihn zu endgültig zu stoppen.«

Gregory ist einen Moment still, dann antwortet er. »Es gibt eine Legende, Sam. Eine Geschichte über einen Engel, der Mammon einst besiegte, indem er seine eigene Gier gegen ihn verwendete. Aber es ist nur eine Legende, ich weiß nicht, ob es wahr ist.«

Ich richte mich auf »Es ist einen Versuch wert, Gregory. Schick mir alles, was du hast. Wir müssen Mammon stoppen, bevor es zu spät ist.«

Stunden später sitzt Beatrice mit mir in meiner Wohnung, das neue Dossier von Gregory ist vor uns ausgebreitet. Ich runzele die Stirn, während ich die Informationen durchgehe, meine Finger trommeln ungeduldig auf dem Tisch.

»Sam, wir werden einen Weg finden, Mammon zu stoppen. Wir müssen nur herausfinden, wie. Denkst du wirklich diese Geschichte könnte uns helfen?«

Ich schaue von den Papieren auf »Ich weiß nicht, Beatrice. Aber die Zeit läuft uns davon. Je länger wir warten, desto stärker wird Mammon. OSIT hat nicht wirklich viel Informationen zusammentragen können ... Die sind fast schon nutzlos ... Ich nehme jedoch jede Information die ich kriegen kann ...«

Sie legt ihre Hand fast auf meine, ihre Finger streichen sanft über meine Haut. »Wir werden schon eine Schwachstelle finden. Zusammen.«

Ich nicke. Ich drehe meine Hand um und meine Finger umschließen ihre.

Sie beugt sich mit mir erneut über das Dossier. Lehnt dabei ihren Kopf an meinen, während wir die Informationen durchgehen. Und während wir lesen, beginnen die Puzzleteile langsam zusammenzufallen, ein Plan formt sich in unseren Köpfen.

»Sam, ich glaube, ich weiß, wie wir Mammon stoppen können.«

»Na dann schieß los.«

Und während sie spricht, formt sich der Plan auch in meinem Kopf. Ein gefährlicher, verzweifelter Plan, der alles riskiert. Aber es ist ihre wohl unsere einzige Chance, und ich werde alles tun, um Mammon zu stoppen, um Ethan zu befreien und um Beatrice zu schützen. Und vor Allem um seine

Macht zu absorbieren.

Das Licht der untergehenden Sonne taucht das Zimmer in ein warmes, goldenes Licht, als wir, umgeben von alten Büchern und Schriftrollen, von den Unterlagen aufschauten. Unsere Finger berühren sich leicht über dem Tisch, während wir die letzten Details unseres Plans besprechen. Ich kann die Wärme ihrer Haut spüren, und obwohl ich mich eigentlich auf die bevorstehende Konfrontation konzentrieren will, finde ich meine Gedanken immer wieder bei ihr.

»Es gibt etwas, das du wissen solltest, Sam«, beginnt sie, ihre Stimme leise und zögerlich.

»Ich höre ...«

Sie atmet tief durch, ihre Finger spielen nervös mit einer Strähne ihres Haares. »Es geht um meine Familie ... um den Fluch, von dem ich dir erzählt habe.«

Ich nicke, meine Hand bewegt sich instinktiv, um ihre zu berühren, eine stille Ermutigung. »Ich erinnere mich. Gibt es hier noch Details, die uns helfen können?«

»Meine Familie wurde nicht nur von einfachen Dämonen verfolgt, Sam. Sie wurden, wie ich dir schon erzählt habe von Mammon persönlich verflucht.«

Meine Hand drückt ihre fester. »Ja. Du hast mir aber nicht gesagt warum hat er das getan hat.«

Sie zögert, dann spricht sie jedoch weiter. »Meine Vorfahren waren mit ihrer Macht und ihrem Einfluss nicht zufrieden. Sie wollten mehr. Sie haben Mammons Schätze gestohlen, seine Reichtümer, die er über Jahrhunderte angesammelt hatte. Als Strafe dafür hat er meine Familie verflucht, uns dazu verdammt, für immer von Dämonen gejagt zu werden.«

Ich lehne mich vor, meine Augen bohren sich in ihre. »Beatrice, das ändert nichts. Wir werden Mammon stoppen, und wir werden deinen Bruder retten. Das verspreche ich dir. Die Gier hat deine Vorfahren korrumpiert, aber nicht dich.«

»Ich weiß, Sam. Aber es ist nicht nur das. Mammon hat mir etwas gezeigt, als wir in der Hölle waren. Etwas, das ich nicht ignorieren kann.«

Mein Herz schlägt schneller, meine Hand streicht sanft über ihre. »Seine Illusionen? Was hat er dir von dir gezeigt, Beatrice?«

Sie schluckt hart, ihre Augen schließen sich für einen Moment. »Nichts von mir ... Er hat mir eine Vision von dir gezeigt, Sam ... Von dir, überwältigt von der Gier, vom Machthunger, von der Dunkelheit in dir ... Er hat mir gezeigt, wie du alles zerstörst, was dir wichtig ist ...«

Meine Hand zuckt, aber ich ziehe sie nicht weg. »Mir hat er das gleiche gezeigt. Aber Beatrice, das wird nicht passieren. Das waren Trugbilder, mit denen er uns verwirren wollte. Ich werde nicht zulassen, dass die Dunkelheit mich übernimmt ... das sind nur Mammons Illusionen. Er versucht nur uns zu beeinflussen ...«

Sie sieht mir tief in meine Augen. In ihren Augen liegt eine Mischung aus Angst und Entschlossenheit. »Ich weiß, Sam. Zumindest hoffe ich das. Aber ich kann nicht zulassen, dass du diesen Weg gehst. Nicht, wenn ich etwas dagegen tun kann.«

Meine Finger streichen sanft über ihre Haut. »Wir werden das zusammen durchstehen, Beatrice. Ganz gleich, was passiert. Diese Vision wird nicht der Weg sein, den ich einschlagen werde ...«

Ihre Hand drückte meine fest. »Versprich mir das.« Statt zu antworten küsse ich sie sanft.

Meine Finger gleiten über die kalte, glatte Oberfläche meiner Double Barrel 1911, während ich mit Beatrice in meiner Waffenkammer stehe, umgeben von den Instrumenten des Krieges gegen das Übernatürliche. Meine Augen sind fest auf die Waffe gerichtet, aber mein Geist ist woanders. Ich denke an Mammon, an die Gier, die in meinen Augen glänzt, und an die Dunkelheit, die in meiner eigenen Seele lauert.

Beatrice steht direkt neben mich, ihre Augen auf die Waffen vor uns gerichtet. »Wir müssen vorsichtig sein. Mammon ist nicht wie die anderen Dämonen. Er wird versuchen, uns gegeneinander auszuspielen, unsere Ängste und Wünsche gegen uns zu verwenden. Er wird mit Sicherheit wieder seine Illusionen gegen uns einsetzen.«

Ich schaue von meiner Pistole auf und für einen Moment ist da eine Schwäche, eine Verletzlichkeit, die ich selten, eigentlich nie zeige. »Ich weiß, Beatrice. Aber ich werde nicht zulassen, dass er uns auseinanderbringt. Wir sind stärker als das.«

»Wir müssen es sein, Sam. Für Ethan, für alle, die Mammon verletzt hat.«

Ich ziehe sie näher an mich, meine Lippen finden ihre Stirn und ich verweile dort für einen Moment, bevor ich mich wieder meinen Waffen zuwende. »Wir werden ihn stoppen, Beatrice. Egal, was es kostet.«

Sie nickt, betrachtet ebenfalls meine Waffen und greift nach einer Waffe, ihre Augen fest auf die bevorstehende Schlacht gerichtet. »Dann lass uns das beenden, Sam. Ein für alle Mal.«

Ich greife nach meinen Waffen, fülle meine Taschen mit Munition und beginn meine Kräfte mit der von Luzifer zu vereinen und ein neues Dämonenportal in die Realität der Welt zu reißen. Dieses ist stabiler als das letzte. Ist das nun ein gutes oder ein schlechtes Zeichen? Ich hefte meinen Blick auf das Portal, das uns erneut hinunter in die Hölle führen wird. Ich kann die lauernde Dunkelheit auf der anderen Seite spüren und die Gier, die so stark nach mir verlangt. Aber ich werde nicht nachgeben. Nicht jetzt, wenn so viel auf dem Spiel stand.

Mit einem letzten Blick auf Beatrice trete ich entschlossen durch das Portal. Meine Waffen sind bereit. Mein Herz fest entschlossen. Ich werde Mammon besiegen, oder ich werde bei dem Versuch in der Hölle sterben. Aber ich habe definitiv nicht vor, heute zu sterben, also bleibt nur ein Ausgang übrig.

Die Hölle empfängt uns mit offenen Armen, die Luft gefüllt mit dem Gestank von Schwefel und Verderben. Meine Augen verengen sich, als ich die verdorbene Landschaft vor uns sehe, und ich spüre, wie Beatrice neben mir erstarrt.

KAPITEL 9:

DIE JAGD NACH MAMMON

Beatrice deutet auf eine Anhöhe vor uns in der Ferne, auf der sich eine gewaltige Dämonenarmee versammelt hat. »Siehst du das was ich seh', oder ist das schon wieder eine Illusion?«. Ihre Silhouetten wirken wie ein Meer aus Schatten, das sich gegen den feurigen Himmel abzeichnet.

Ich ziehe meine rechte Augenbraue hoch und ein selbstgefälliges Lächeln umspielt meine Lippen. »Ich sehe sie auch. Das ist also Mammons Empfangskomitee? Er muss wirklich Angst vor mir haben. Wie spaßig.«

Beatrice wirft mir einen warnenden Blick zu.

»Unterschätze sie nicht. Das sind nicht nur einfache Dämonen. Sie sind Mammons Elite.«

Ich schnaube. »Elite oder nicht, sie werden fallen. Genau wie ihr Meister.«

Inmitten der Dämonenarmee, auf einem erhöhten Thron, getragen von vier seiner Diener, sitzt Mammon in seiner Dämonenform. Selbst aus dieser Entfernung kann ich die Gier in seinen Augen erkennen, die gleiche Gier, die ich in mir selbst spüren kann. Die Gier, die mich anzieht und zugleich abstößt.

»Da ist er«, murmelt Beatrice, ihre Stimme ist angespannt.

»Ja, ich sehe ihn und auch er weiß, dass wir hier sind.«

Plötzlich hebt Mammon seine linke Hand und die Dämonenarmee brüllt in einem ohrenbetäubenden Chor. Die Luft wird dicker, schwerer, als ob die Hölle selbst ihren Atem anhält.

»Samuel Hellsworth«, ruft Mammon, seine Stimme hallt durch die Landschaft, »du bist weit von zu Hause entfernt.«

»Nicht weit genug, wie es scheint. Ich bin gekommen, um dich zu holen, Mammon.«

Mammon lacht dämonisch. Es ist ein tiefes, dunkles Lachen, das uns bis ins Mark erschüttert. »Du glaubst wirklich, du könntest mich besiegen?

Du bist nichts im Vergleich zu meiner Macht. Sieh nur welche Armee vor dir steht!«

Beatrice greift nach meinem Arm, ihre Finger graben sich in meinen Unterarm. »Wir sollten vorsichtig sein, Sam.«

Ich lege meine Hand an meine 1911 und lasse meine Augen fest auf Mammon gerichtet. »Ich habe keine Angst vor ihm. Er ist nur ein weiterer Dämon auf meiner Liste.«

Mammon steht auf, seine Augen funkeln vor Wut. »Du wirst es bereuen, hierhergekommen zu sein, Samuel. Ich werde sicherstellen, dass du leidest.«

Ich grinse ihn an. »Versuch's doch.«

Die Spannung in der Luft ist greifbar, als ich und Beatrice uns auf den bevorstehenden Kampf vorbereiten. Mammon und seine Dämonenarmee warten, bereit, sich auf uns zu stürzen. Doch ich bin mehr als entschlossen, Mammon zu besiegen, koste es, was es wolle. Die Dämonen seiner Armee warten nur noch auf seinen Befehl. Auf den Befehl, uns anzugreifen.

Mammon, mit einem grausamen Lächeln auf den Lippen, hebt seine Hand und zeigt auf mich und Beatrice. »Los! Vernichtet sie!«, befiehlt er mit donnernder Stimme. Die Dämonenarmee stürzt sich mit einem markerschütternden Kriegsschrei auf uns.

Na endlich! Jetzt ist es endlich wieder Zeit für Spaß! Ich ziehe meine mit meiner linken Hand meine Double Barrel 1911 und feuere in schneller Abfolge. Mammon jedoch zieht sich von der Schlacht zurück. »Elendiger Feigling!«, rufe ich Mammon nach, der sich rasch von der Schlacht entfernt. »Komm zurück und kämpfe wie ein Mann!«

Beatrice, mit ihrer kompakten Glock in der Hand, schießt gezielt auf die näherkommenden Dämonen. »Jetzt ist nicht die Zeit, Sam! Konzentriere dich!«

Ein Dämon, größer und stärker als die anderen, springt auf mich zu, doch ich weiche geschickt aus und ramme ihm mein Schwert mit meiner rechten Hand in den Bauch, während ich zwei andere mit einer Pistole in Asche verwandle. »Ich dachte, das wären Mammons Elite?«, spotte ich, während ich den nächsten Dämon zu Boden werfe. Mein Schwert ist die bessere Waffe. Ich habe es lange nicht erkannt und mich auf meine Feuerwaffen verlassen, aber die Dämonen im Nahkampf zu verstümmeln und zu vernichten entflammt etwas in mir.

Beatrice rollt mit den Augen. »Hör auf zu prahlen und hilf mir hier!«

Während wir weiterkämpfen, Beatrice mit ihrer Glock und ich mit meinem Silberschwert, öffnen sich plötzlich Falltüren im Boden, und Flammen schießen empor. Ich ziehe Beatrice zur Seite, gerade rechtzeitig, um den Flammen zu entkommen. »Sie haben die ganze Hölle gegen uns aufgebracht!«, rufe ich.

Beatrice schießt einem Dämon ins Gesicht und tritt gleichzeitig einem anderen in den Magen. »Das ist nicht unser erstes Rodeo, Sam. Wir schaffen das.« Das Gesicht des Dämons verändert sich durch das Silber, das durch sein Fleisch geht. Es ist nicht nur ein Schussloch. Seine gesamte Haut fängt an zu brennen und hinterlässt nichts außer Asche und Rauch. Silber. Die beste Verteidigung gegen die Dämonen der Hölle.

Ich grinse sie an. »Ich wusste, dass es einen Grund gibt, warum ich dich mag.«

Ich bemerke, dass die Dämonen in geordneten Formationen angreifen, als ob sie von jemandem dirigiert werden. »Sie werden von irgendwoher gesteuert!«, rufe ich Beatrice zu.

Sie deutet auf einen Turm in der Ferne. »Dort! Mammon beobachtet uns von dort!«

»Dieses verdammte Arschloch. Spielt lieber Marionetten mit diesen Dämonen als selbst gegen mich zu kämpfen ... Na dann ... Dann sollten wir ihm eine Show bieten.« Ich ziehe zwei Granaten aus meiner Tasche und werfe sie in die Menge der Dämonen. Die beiden Explosionen reißen Dutzende von ihnen auseinander. Es sind natürlich keine gewöhnlichen Granaten, die würden kaum Schaden anrichten. Nun gut, eigentlich sind das wirklich einfache Splittergranaten, aber sie sind nicht mit Stahl ummantelt. Ich denke, du weißt, welches Material ich für die Erstellung dieser Dinger verwendet habe. Zumindest bleibt von den getroffenen Dämonen nichts weiter übrig als ein Haufen Asche ... und etwas Rauch.

Beatrice lacht. »Das war beeindruckend.«

»Das war noch gar nichts. Ich habe noch ein paar Tricks auf Lager.«

Wir kämpfen uns weiter durch die Dämonen, bemerken jedoch, dass diese Dämonen in einer riesigen Menge in Überzahl sind. Allmählich geht Beatrice die Munition aus ... Doch wir geben nicht auf. Auch Beatrice hat ein Silberschwert bei sich. Und den ein oder anderen Silberdolch. Wir kämpfen unaufhörlich weiter Seite an Seite, schießen, stechen und treten, bis der Boden mit Asche übersät ist.

Schließlich, nachdem wir Aberdutzende von Dämonen besiegt haben und auch Beatrice nun auf das Silberschwert gewechselt hat, stehen wir atemlos, aber unbesiegt, inmitten des Schlachtfelds.

»Das war ... intensiv«, keucht Beatrice.

»Und das war erst der Anfang. Mammon wird bald wissen, dass er sich mit den Falschen angelegt hat.«

Das Schlachtfeld ist ein Meer aus Feuer und Asche, und die Luft ist erfüllt vom Schmerzgeschrei der Dämonen, die noch nicht zur Gänze verbrannt sind, und dem Klirren von Waffen. Es ist noch nicht zu Ende. Noch gibt es weitere Dämonen, die auf uns zustürmen und nur darum betteln getötet zu werden. Wir stehen Rücken an Rücken, umgeben von einer wogenden Masse von Dämonen, die sich immer wieder auf uns stürzen.

»Du weißt, Beatrice«, rufe ich über das Getöse hinweg, während ich mit einem geschickten Schwertstreich einen Dämon enthaupte, »ich habe das Gefühl, dass sie uns nicht wirklich mögen!«

Beatrice lacht, während sie zwei Dämonen mit einem gezielten Streich ihres Schwertes niederstreckt. »Vielleicht liegt es an deinem Charme, Sam!«

Ein riesiger Dämon, dessen Haut wie geschmolzenes Metall glänzt, tritt vor und schwingt eine riesige Axt. Ich ducke mich geschickt und stoße mit meinem Schwert zu, doch die Klinge prallt ab. »Verdammt ... Das ist neu!«, rufe ich überrascht aus.

Beatrice springt vor, zielt und sticht dem Dämon mit der Spitze ihres Schwertes ins Auge. Er brüllt vor Schmerz und taumelt zurück. »Man muss nur wissen, wohin man zielen muss!«, ruft sie triumphierend.

»Du bist beeindruckend, weißt du das?« Sie zwinkert mir zu. »Das habe ich schon öfter gehört.«

Ein weiterer Schwarm Dämonen stürzt sich auf uns. Ich wirbele herum, meine Kling fegt durch die Luft und hinterlässt eine Spur der Zerstörung. »Ich könnte das den ganzen Tag machen!«

»Ich auch, aber ich würde es doch vorziehen, wenn wir das so langsam hinter uns bringen könnten!«

Plötzlich spüre ich eine kalte Präsenz hinter uns. Ich drehe mich um und sehe einen Dämon, der sich von den anderen unterscheidet. Er ist größer, mächtiger und er strahlt eine mächtige dunkle Energie aus. »Na Kleiner, wer bist denn du?«, frage ich ihn herausfordernd.

Der Dämon grinst. »Ich bin Zephyr, einer von Mammons Elitekriegern. Und du, Menschlein, wirst hier sterben.«

»Du bist also einer von Mammons Besten? Nun, dann wird es mir eine riesige Freude sein, dich zu besiegen.«

Zephyr brüllt vor Wut und stürzt sich auf mich.

Wir beiden kämpfen heftig, wobei ich all meiner Fähigkeiten und Techniken einsetzen muss. Ja, Zephyr war ein mächtiger Gegner und scheint jeden seiner Schläge vorauszusehen, aber auch er wird mir nicht gewachsen sein.

Beatrice schreitet ein und sticht Zephyr in den Rücken. Der Dämon schreit auf und wendet sich ihr zu, doch ich nutze genau diese Gelegenheit, als er seinen Kopf zu ihr umdreht und von mir ablässt und stoße ihm mit einem gewaltigen Schlag mein Schwert tief in seine Brust. Der Dämon stöhnt auf und fällt zu Boden.

Ich atme schwer und schaue Beatrice an. »Das war endlich einmal knapp und herausfordernd ...«

»Zu knapp, für meinen Geschmack. Aber wir haben es geschafft.«

»Wir sind ein unschlagbares Team.«

»Das sind wir in der Tat.«

Die Schlacht und die Jagd nach Mammon befindet sich nun auf ihren Höhepunkt. Mammons Spur ist deutlich in der verdorbenen Landschaft der Hölle zu erkennen. Er hinterlässt eine Spur aus dunkler Energie, die in der Luft hängt und mir den Weg weist.

»Er kann sich nicht verstecken ...«, sage ich mit einem selbstgefälligen Grinsen, während ich einen weiteren Dämon mit einem gezielten Schwert-streich niederstrecke. »... Ich werde ihn finden und vernichten!«

»Du bist wirklich zuversichtlich, nicht wahr?«

Ich zwinkere ihr zu. »Immer. Besonders, wenn ich so eine beeindruckende Partnerin an meiner Seite habe.«

»Schmeicheleien bringen dich bei mir nicht weiter, Sam.«

»Es war einen Versuch wert.« Während wir wei-ter durch die Hölle marschierten, immer dem Pfad hinter Mammon her, werden wir immer wieder von Dämonen angegriffen. Aber die große Maße von seiner Armee liegt bereits als Asche auf dem Bo-den. Mit jedem Kampf scheinen wir nur stärker und entschlossener zu werden.

»Du weißt, Beatrice«, sage ich, während ich ei-nen Dämon nach dem anderen niederstrecke, »ich habe das Gefühl, dass Mammon Angst vor mir hat.«

»Oder vielleicht hat er einfach Angst vor uns beiden.«

»Das ist auch möglich.«

Plötzlich taucht ein riesiger Dämon vor uns auf, der mindestens dreimal so groß war wie wir selbst. Er brüllt und schwingt eine riesige Keule durch die Luft.

»Je größer sie sind, desto tiefer fallen sie ...«

Beatrice zieht eine Schrotflinte von ihrem Rücken, zielt und schießt dem Dämon ins Gesicht. Er brüllt vor Schmerz und taumelt zurück. Ich nutzte die Gelegenheit, laufe auf ihn zu, springe hoch und ramme mein Schwert tief in den Bauch des Dämons und weide ihn dadurch aus.

»Kein Hindernis ...«, sagt Beatrice.

»Ich dachte, du hättest keine Munition mehr?« frage ich sie verwirrt. »Nun, das war offensichtlich nicht ganz die Wahrheit.«

Wir setzen unsere Jagd fort. Mammons Spur führt uns tiefer und tiefer in die Hölle, durch verdorbene Wälder und über brennende Flüsse. Mittlerweile stellen sich uns nur noch vereinzelte Dämonen in unseren Weg. Seine ach so große Armee ist vernichtet.

»Er kann nicht weit sein«, sage ich entschlossen.

»Wir werden ihn finden. Und wenn wir das tun, wird er bezahlen.«

»Das wird er, in der Tat.«

Ich spüre die dunkle Energie von Mammon immer stärker. Ich spüre, dass er nicht mehr weit weg ist und weiß, dass die Konfrontation unmittelbar bevorsteht. Und ich kann es kaum noch erwarten! Ich kann den brennenden Wunsch spüren, mehr Macht zu haben, mehr Kontrolle. Die Gier, die Mammon repräsentiert, scheint in mir immer weiterzuwachsen.

»Alles in Ordnung, Sam?« fragt Beatrice, als sie bemerkte, dass ich langsamer werde.

Ich schüttele meinen Kopf und versuche, die dunklen Gedanken abzuschütteln. »Es ist diese verdammte Gier. Sie versucht, mich zu übernehmen. Sie brennt in mir ...«

Beatrice legt ihre Hand auf meine Schulter. »Du musst dagegen ankämpfen, Sam. Du bist stärker als das.«

»Bin ich das? Manchmal frage ich mich, ob ich überhaupt noch Kontrolle über mich selbst habe.«

Beatrice sieht mir fest in die Augen. »Du hast die Kontrolle, Sam. Du musst nur daran glauben.«

»Es ist nicht so einfach. Diese Gier ... sie ist so überwältigend.«

Beatrice lächelt sanft. »Ich bin hier, um dir zu helfen. Wir werden das gemeinsam durchstehen.«

»Du bist wirklich etwas Besonderes, Beatrice.«

»Auch das habe ich schon oft gehört, nun komm, lass uns weiter.«

Wir gehen weiter, doch die Gier lässt mich einfach nicht los. Ich kann spüren, wie sie immer mehr an mir zerrt, versucht, mich zu übernehmen.

Die Hölle ist ein Labyrinth aus verzweigten Pfaden, Höhlen und Schluchten, die von der Hitze verzerrt und von Schwefeldämpfen durchzogen sind. Doch trotz der verwirrenden Umgebung scheine ich genau zu wissen, wohin ich gehen muss. Ich folge meinem Instinkt blind. Aber war es wirklich nur mein Instinkt? Die schwarze Dämonenseele in meiner Brust zieht mich magnetisch in eine bestimmte Richtung. Ich lasse es geschehen und lasse mich von Luzifer leiten. Er führt mich zu den Seinen. Er führt mich zu Mammon, der sich, wie ich fühle sich erneut durch ein Portal in vermeintliche Sicherheit gebracht hat. Aber er ist nicht sicher vor mir!

»Er ist hier irgendwo«, murmele ich, während ich mit Beatrice durch einen engen Pfad haste, der von flackernden Flammen erleuchtet wird.

Beatrice wirft mir einen besorgten Blick zu. »Bist du sicher, dass du bereits bist ihm zu folgen? Vielleicht ist es eine Falle.«

»Natürlich ist es eine Falle. Aber was hat er schon zu bieten? Ein paar weitere seiner lächerlichen Illusionen? Ich bin bereit.«

Nach ein paar weiteren ereignislosen Minuten erreichen wird schließlich eine riesige Höhle, die von einem roten Glühen erfüllt ist. Wir rennen weiter, tief in sie hinein. In der Mitte der Höhle thront ein massiver schwarzer Stein, der wie ein Altar aussieht. Und darauf sitzt Mammon, schwer atmend.

»Willkommen, Samuel«, ruft Mammon mit einer Stimme, die wie das Knistern von Flammen klang. »Ich habe auf dich gewartet.« Aber dennoch kann ich hören, dass er außer Atem ist. Wieso nur? Ich konnte spüren, dass er nicht wie wir gelaufen, sondern mit einem Höllenportal abgekürzt hat. Was spielt er schon wieder für ein Spiel mit uns?

»Ich bin hier, um dies alles zu beenden. Um dich zu vernichten, Mammon. Und um so die Seele von Beatrices Bruder zurückzuholen.«

»Du glaubst wirklich, du könntest mich besiegen? Du bist nichts im Vergleich zu meiner Macht. Du hast vielleicht meine Armee vernichtet, aber mich wirst du nicht besiegen ...«

Beatrice tritt an meine Seite. »Wir sind zu zweit, Mammon. Und wir werden dich besiegen.«

Mammon schnaubt verächtlich. »Zwei einfache Sterbliche? Ihr seid keine Bedrohung für mich.«

Ich grinse ihn überheblich an. »Du solltest mich nicht unterschätzen, Mammon. Ich habe schon einen deiner Brüder besiegt. Und ich werde dich genauso leicht besiegen.«

Mammon knurrt, seine Augen funkelten vor Wut. »Du wirst es bereuen, hierhergekommen zu sein, Samuel. Ich werde Luzifer rächen!«

Ich zücke nun meine beiden Dolche. »Das werden wir ja sehen.«

Beatrice zieht ebenfalls ihr Schwert. »Wir sind bereit, Mammon. Bist du es auch?«

Mammon lacht erneut, doch dieses Mal klingt es weniger selbstsicher. »Ihr werdet es bereuen, mich herausgefordert zu haben.«

»Das glaube ich kaum. Komm schon, Mammon. Na los. Komm schon! Zeig uns, was du drauf hast! Trau dich, komm zu mir!«

Mit einem wütenden Schrei stürzt Mammon auf uns zu, und der Kampf beginnt.

Mammon, in seiner wahren dämonischen Form, scheint zu erkennen, dass er in der direkten Konfrontation unterlegen war. Mit einem verzerrten Lächeln beginnt er, seine Hände in komplizierten Mustern zu bewegen. Die Luft um uns herum beginnt zu flimmern, und plötzlich finden wir uns erneut inmitten einer weiteren, fast real anmutenden, Illusion wieder.

Ich finde mich mit Beatrice in einem prächtigen Palast wieder, umgeben von unermesslichen Reichtümern und Schätzen. Goldene Münzen, funkelnde Juwelen und luxuriöse Gewänder liegen überall verstreut herum. Mammons Stimme hallt körperlos durch den Raum. »Dies alles könnte euch gehören. Gebt einfach auf, und ich werde euch mit Reichtümern überhäufen.«

»Denkst du wirklich, dass ich mich von solch billigen Tricks beeindrucken lasse? Ich bin nicht hier, um Reichtümer zu sammeln. Ich bin hier, um dich zu besiegen. Ich bin hier, um mir etwas aus deinem Innersten zu holen!«

»Wir lassen uns nicht von deinen Illusionen täuschen, Mammon. Nicht noch einmal. Zeig dich!«

Mammon versucht es erneut. Die prächtige Umgebung verschwindet und nun finden wir uns in einem dunklen, kalten Raum wieder. An den Wänden hängen rostige Ketten und in der Mitte des Raums steht ein Thron aus geschwärzten Knochen. Auf dem Thron sitzt eine Gestalt, die Beatrice zum Verwechseln ähnlich sieht. Sie lächelt verführerisch und winkt mich zu sich.

»Komm zu mir, Sam«, flüsterte sie. »Vergiss deine Beatrice. Sie ist nicht die Richtige für dich. Ich bin es!«

Ich rolle mit den Augen. »Wirklich, Mammon? Das ist das Beste, was du zu bieten hast? Eine billige Kopie von Beatrice? Du unterschätzt mich.«

Beatrice, meine Beatrice, lacht ebenfalls. »Du solltest wirklich besser recherchieren, Mammon. Sam ist nicht so leicht zu beeindrucken.«

Mammon knurrt vor Wut. »Ihr werdet es noch

bereuen, mich herausgefordert zu haben!«

»Genug der Spielchen, Mammon. Zeig dich endlich! So wirst du nicht gewinnen.«

Die Illusionen verschwinden, und wir finden uns wieder in der Höhle, direkt vor Mammon wieder. Mammon steht da und seine Augen funkelten vor Wut. Seine Illusionen sind mittlerweile wirkungslos gegen uns.

»Du kannst dich nicht ewig vor uns hinter deinen albernen Visionen verstecken, Mammon. Stell dich uns endlich!«

»Ihr werdet nicht siegen!«

»Warts nur ab ... Komm schon. Zeig mir, was du drauf hast ...«

Mit einem wütenden Schrei stürzt Mammon auf uns zu, und der Kampf begann erneut. Endlich ein richtiger Kampf gegen einen weiteren Prinzen der Hölle. Das sollte nun endlich etwas fordernder werden als seine lächerlichen Diener.

Mammon, inmitten der Dunkelheit seiner Höhle, scheint zu erkennen, dass er in die Ecke gedrängt ist. Sein Blick, einst voller Arroganz, ist nun von einem Funken Verzweiflung durchzogen. Doch anstatt sich zu ergeben, fängt er wieder an uns abzulenken. Kann er nicht endlich aufhören zu reden und anfangen zu kämpfen. Er ermüdet mich ...

»Du denkst, du hast mich, Samuel?« spottet Mammon, seine Stimme voller Hohn. »Du glaubst, du kannst mich in meiner eigenen Heimat besiegen? In meiner Welt? In der Hölle hat jemand wie du nichts zu suchen!«

Ich lasse das schummrige Licht der Höhle über meine Dolche blitzen und trete selbstbewusst einige Schritte auf ihn zu. »Ich habe vor dir schon Luzi besiegt. Glaubst du wirklich, du wärst eine größere Herausforderung? Du wirst genauso fallen wie der gefallene Engel!«

Mammon lacht erneut, doch dieses Mal klingt es anders – dunkler, gefährlicher. »Du hast noch nicht einmal den Hauch einer Ahnung, gegen wen du wirklich kämpfst.«

Mit diesen Worten beginnt Mammon sich zu verändern, seine dämonische Gestalt verschwimmt und wächst schnell zu monumentalen Ausmaßen heran. Seine Haut nimmt eine tiefschwarze Farbe an, schwarz wie Pech, und strafft sich über seine sich vergrößernden, muskulösen Glieder. Aus seinem Rücken schießen riesige, ledrige Flügel empor, die sich knisternd und knarrend entfalten, bis sie die Höhle fast berühren. Sie sind dunkel und zottig, gesprenkelt mit scharlachroten Adern, die bei jeder seiner Bewegungen bedrohlich pulsieren.

Seine Augen beginnen in einem bedrohlichen,

tiefen Rot zu glühen, als wären sie zwei Glutkugeln, die aus der tiefsten Hölle aufsteigen. Sein Mund öffnet sich zu einem grausamen Grinsen, und plötzlich schießen Flammen hervor, so heiß und intensiv, dass die Luft um ihn herum zu flimmern beginnt. Mammon hat sich in ein riesiges, unnatürliches, drachenähnliches Wesen verwandelt, das mit seiner gewaltigen Präsenz die gesamte Höhle auszufüllen scheint. Seine Klauen, lang und tödlich scharf, schaben über den steinigen Boden und hinterlassen Funkenregen.

Beatrice tritt instinktiv einen Schritt zurück, überwältigt von der schieren Größe und der dämonischen Ausstrahlung Mammons. Doch ich bleibe standhaft, meine Augen fest auf das drachenähnliche Wesen gerichtet. »Ist das alles, was du zu bieten hast?«, spotte ich, meine Stimme kalt und herausfordernd. „Ein bisschen Show?"

Mammon knurrt tief und bedrohlich, und die Flammen aus seinem Maul intensivieren sich, ein lebendiges Inferno, das jeden meiner Spötteleien zu trotzen scheint. »Du wirst es noch bereuen, mich überhaupt herausgefordert zu haben, Samuel. Ich werde dich und alles, was dir lieb ist, vernichten.«

Beatrice, die sich scheinbar wieder gefasst hat, tritt entschlossen erneut an meine Seite. »Wir werden dich aufhalten, Mammon. Für all die Seelen, die du verdorben hast.«

»Ihr könnt es gerne versuchen! «, zischt Mammon, seine Stimme ein Echo aus den Tiefen der Verdammnis.

»Das werden wir!«, erwidere ich fest.

Mit einem mächtigen, grollenden Schrei stürzt sich Mammon nun auf uns zu. Seine gewaltigen Klauen sind ausgefahren, bereit, unsere Körper zu zerfetzen. Doch ich bin auf diesen Moment vorbereitet und weiche mit einer geschmeidigen Bewegung aus, lasse ihn ins Leere stürzen. Ich und Beatrice bereiten uns auf den Kampf unseres Lebens vor.

Und während die Dunkelheit der Höhle von Mammons Flammen erleuchtet wird, beginnt nun der epische Kampf zwischen Gut und Böse.

Nun ja ...

zumindest der Kampf zwischen mir und Mammon ...

KAPITEL 10:

DER KAMPF BEGINNT

Die Höhle erzittert, als Mammon mit voller Wucht erneut auf uns zustürmt. Flammen schießen wieder aus seinem Maul, und seine Klauen blitzen gefährlich im schwachen Licht seines Feuers. Doch ich lasse mich nicht einschüchtern, weiche ihm geschickt aus und schleudere einen meiner Silberdolche in Mammons Richtung. Doch der Dämon wehrt ihn mit einem Flügelschlag ab und schleudert ihn mir zurück vor meine Füße. Ich lasse ihn nicht aus meinen Augen und hebe lässig meinen Dolch auf.

»Du denkst wirklich, du kannst mich mit solchen Spielereien besiegen?« höhnt Mammon, während er mich mit seinen glühenden Augen fixiert.

»Ich habe schon schlimmere Dämonen als dich besiegt, Mammon. Du bist nur ein weiterer Name auf meiner Liste. Und du wirst wahrlich nicht der letzte sein!«

Mammon stößt einen mächtigen Feuerstrahl aus seinem Maul in meine Richtung. Doch ich bin schneller als er. Ich springe zur Seite und rolle mich ab. Dann ziehe ich meine Double Barrel 1911. Vielleicht brauche ich für diesen Kerl hier doch etwas Feuerwaffenunterstützung. Das letzte Magazin hatte ich bei der letzten Nutzung eingesetzt. Mit gezielten Schüssen feuere ich auf Mammon, doch die Silberkugeln scheinen den Dämonenprinzen kaum zu beeindrucken. Sie dringen nur wenig in seine Haut ein und bringen das Silber nicht dazu seinen Körper zu vergiften. So viel zum Thema Fernkampf ...

Beatrice, die bisher etwas abseits gestanden ist, stürzt sich nun ebenfalls ins Gefecht. Mit flinken Bewegungen wehrt sie Mammons Angriffe ab und versucht, ihm mit ihrem Schwert zu schaden. Doch auch sie scheint kaum einen Eindruck auf den mächtigen Dämon zu machen. Seine Haut, oder Schuppen, oder was auch immer das ist, scheinen sehr widerstandsfähig zu sein

Mammon lacht uns höhnisch aus. »Ihr seid so

schwach! Glaubt ihr wirklich, ihr könnt mich besiegen?«

Während Mammon seine Drohungen ausspricht, seine Stimme durch die Höhle dröhnt und das Echo seiner Worte die Luft mit einer dichten, drohenden Atmosphäre erfüllt, suche ich nach einer Gelegenheit. Seine Worte bieten mir den perfekten Moment der Ablenkung. Mit einer schnellen, entschlossenen Bewegung greife ich nach einem meiner Dolche. Das kalte Metall liegt vertraut in meiner Hand, und in einem fließenden, geübten Bogen schleudere ich die Waffe gezielt in Mammons Richtung.

Dieses Mal, mit einer Mischung aus Präzision und einem Hauch von Glück, trifft mein Wurf sein Ziel. Der Dolch schneidet durch die Luft mit einem kaum hörbaren Zischen und trifft den Dämon genau dort, wo seine massiven, dunklen Schuppen sich übereinanderlegen. Ein markerschütternder Schrei bricht aus Mammons Kehle hervor, als der Dolch sich tief in sein Fleisch bohrt und bis zur Hälfte der Klinge darin versinkt. Ich habe ihn genau zwischen zwei Schuppen getroffen, an einer Stelle, die vielleicht gerade schwach genug ist, um das Silber wirken zu lassen.

Fast sofort beginnt das Silber seine zerstörerische Arbeit. Um die Eindringstelle herum beginnt seine Haut unter den Schuppen zu blubbern, als würde sie von innen heraus kochen. Die dunkle Haut fängt an, sich zu verfärben, wird gräulich und zerfällt schließlich in feine Asche. Doch die Verwandlung bleibt lokal begrenzt, der Schaden breitet sich nicht weiter aus. Diese höheren Dämonen sind nicht so anfällig für Silber wie ihre untergeordneten Diener. Eine kleine Verletzung allein reicht nicht aus, um sie zu vernichten – das habe ich schon in meinem Kampf gegen Luzifer gelernt.

»Das war erst der Anfang!«, rufe ich triumphierend aus, meine Stimme hallt durch die Höhle, ein kühner Kontrapunkt zu Mammons schmerzerfüllten Schreien.

Doch Mammon ist nicht so leicht zu besiegen. Mit einem grimmigen Ausdruck nutzt er seine Macht der Gier und entfesselt Wellen von dunkler Energie, die sich wie eine Flutwelle durch den Raum ergießen. Diese Energie, durchtränkt mit dem Wesen der Gier, erfasst mich und ich spüre, wie ein brennendes Verlangen in mir aufsteigt. Es ist wie ein Feuer, das in meinem Inneren lodert, ein Verlangen, alles zu besitzen, was mein Auge erblickt. Es ist eine berauschende und gleichzeitig erschreckende Empfindung, gegen die ich ankämpfe, doch die Gier ist stark, unglaublich stark. Sie droht, meine Selbstkontrolle zu überwältigen, und ich spüre, wie ich fast nachgebe, wie ich alles will – Macht, Kontrolle, Besitz.

Beatrice, die neben mir steht, sieht mir zu, wie ich mit mir selbst und der aufkeimenden Gier kämpfe. Sie erkennt die Gefahr und eilt mir zur Hilfe. »Sam! Du musst dich konzentrieren! Lass die Gier nicht gewinnen!«, ruft sie mir zu, ihre Stimme durchdrungen von Dringlichkeit.

»Ich ... ich kann nicht ... es ist zu stark ...«, keuche ich, meine Stimme erstickt fast unter der Last der inneren Schlacht, die ich führe.

Schnell greift Beatrice nach meinem Arm, ihre Augen blicken flehend in meine. »Du bist stärker, Sam! Du musst es sein! Für uns alle! Für mich!«, beschwört sie mich.

Ihr Flehen und die Verzweiflung in ihren Augen geben mir einen Moment der Klarheit. Ich atme tief durch, sammle meine Kräfte und stoße mit einem mächtigen Schrei die überwältigende Gier von mir. Ich stecke meine Dolche zurück in die Scheiden an meinen Schienbeinen, ziehe mein Schwert und richte dieses erneut auf Mammon.

»Jetzt bist du dran!«, rufe ich aus, und dieses Mal bin ich es, der sich entschlossen in den Kampf stürzt.

Der Kampf zwischen uns intensiviert sich, jeder Schlag, jedes Ausweichmanöver ist geprägt von der

Entschlossenheit, nicht nachzugeben. Doch schließlich, nach einem besonders heftigen Schlagabtausch, gelingt es mir, mich richtig zu positionieren, während Beatrice Mammon geschickt ablenkt. Ich richte meine Waffe auf den Dämonenprinzen, ziele genau auf sein Herz.

»Das ist das Ende, Mammon«, sage ich kalt und bestimmt.

Doch bevor ich zustoßen kann, beginnt Mammon erneut zu taktieren, zu reden. Und ich, der Idiot, höre ihm schon wieder zu. »Vielleicht für jetzt. Aber ich werde zurückkehren. Und dann werde ich stärker sein als je zuvor.«

Ich zögere einen Moment. »Das glaube ich nicht. Du wirst niemals mehr zurückkehren ...«, erwidere ich fest.

»Du glaubst wirklich, du könntest mich besiegen, Sam?«, spottet Mammon, seine Stimme ein tiefes Grollen, das durch die Höhle hallt. »Du verstehst nicht einmal, wer du wirklich bist.«

Ich stehe vor ihm, mein Blick gesenkt auf Mammons Haupt, das niedergeschlagen auf dem kalten, harten Boden ruht. Mein Schwert, erhoben und bereit, vibriert leicht in meiner Hand, angetrieben von der Entschlossenheit und der dunklen Energie, die durch meine Adern pulsiert.

»Ich weiß genau, wer ich bin. Und ich werde

dich hier und jetzt beenden«, sage ich mit fester, entschlossener Stimme.

»Du bist so naiv!«, erwidert Mammon mit einem höhnischen Lachen, das durch die düstere Stille hallt. »Du glaubst, du bist ein Held, aber in Wahrheit bist du nur ein weiteres Spielzeug in meinem Arsenal. Kennst du die wahre Geschichte deiner Geburt, Sam?«

Seine Worte treffen mich wie ein Schlag. »Was redest du da?« frage ich, während Zweifel und Verwirrung in mir aufkeimen.

Langsam hebt Mammon seinen Kopf vom Boden, und seine Augen funkeln vor Bosheit, als er sich mir nähert. »Deine Eltern haben dich nicht einfach so den Dämonen geopfert. Sie waren Teil eines Paktes, eines Abkommens. Du wurdest als ein Geschenk an mich geboren. Ein Geschenk für alle Prinzen der Hölle. Ein Werkzeug der Zerstörung.«

Beatrice, die neben mir steht, sieht mich an, ihre Augen weit aufgerissen vor Schock. »Sam, was sagt er da?«

Ich schüttle meinen Kopf, versuche, die Worte Mammons aus meinen Gedanken zu verbannen. »Er lügt. Er versucht nur, uns schon wieder abzulenken!«, erkläre ich, obwohl ein Teil von mir zittert, eine dunkle Unsicherheit, die tief in meinem Herzen nagt.

»Glaubst du das wirklich? Tief in dir drin, Sam, spürst du die Wahrheit. Du bist nicht hier, um mich zu besiegen. Du bist hier, um mir zu dienen«, fährt Mammon fort, seine Stimme sanft, doch durchdrungen von einer gefährlichen Überzeugung.

In meinem Innersten spüre ich, wie meine verbleibende menschliche Seele vor Schmerzen schreit und wie Luzifers Dämonenseele in mir zur vollen Stärke erwacht. Es ist ein dunkles Verlangen, das tief in mir brennt, ein Verlangen, das nach mehr verlangt, nach Macht, nach Dunkelheit. Ich kämpfe dagegen an, versuche, mich auf den Kampf zu konzentrieren, aber Mammons Worte hallen unaufhörlich in meinem Kopf wider. Ein beklemmendes Gefühl der Ohnmacht überkommt mich. Ich kann ihn nicht töten.

»Du kannst nicht gegen dein Schicksal ankämpfen, Sam«, flüstert Mammon mir ins Ohr, seine Worte kalt und verlockend. »Gib nach. Lass die Dunkelheit in dir frei.«

Von Wut übermannt und mit aller Kraft, die ich aufbringen kann, schlage ich Mammon mit meiner bloßen Faust ins Gesicht. Der Schlag hallt durch die Stille, ein verzweifelter Akt des Widerstands gegen ein Schicksal, das ich nicht akzeptieren kann oder will.

KAPITEL 11:

ENDEPUNKT

Die Dunkelheit umklammert mich, und ich fühle mich, als würde ich in einen endlosen Abgrund fallen. Mammons Gier zerrt an mir, versucht mich zu verschlingen. Aber tief in mir spüre ich eine andere Präsenz, eine dunkle, mächtige Energie: Luzifers Dämonenseele. Sie kämpft mit mir gegen die Macht Mammons.

»Gib nach, Sam«, flüstert Mammons Stimme in meinem Ohr. »Lass die Gier dich übernehmen. Es ist so viel einfacher, sich hinzugeben.«

Ich kämpfe gegen die überwältigende Macht, die versucht, mich weiter zu übernehmen. Aber anstatt mich dagegen zu wehren, lasse ich sie nun zu. Ich lasse die Gier in mich hineinfließen, lasse sie mich überwältigen. Aber nicht so, wie Mammon es sich vorgestellt hat.

»Du denkst, du kannst mich kontrollieren?«, knurre ich ihm ins Gesicht, meine Stimme von der Dämonenseele verzerrt. »Du hast keine Ahnung, mit wem du es zu tun hast.«

Mammon lacht, ein höhnisches, selbstgefälliges Lachen. »Du bist nur ein einfacher Mensch, Sam. Was kannst du schon gegen mich ausrichten?«

Ich grinse ihn an, ein kaltes, grausames, stolzes Grinsen. Es ist das überhebliche Grinsen von Luzifer selbst. »Das wirst du gleich sehen.«

Mit einem Schrei stürze ich mich auf Mammon, meine Hände zu Fäusten geballt. Mammon versucht, mich abzuwehren und mich mit seinem Schwanz zu treffen, aber ich bin viel zu schnell für ihn, zu wütend. Ich schlage auf Mammons Gesicht ein, immer und immer wieder, bis der Dämon reglos am Boden liegt.

Beatrice, die das alles mit angesehen hat, rennt zu mir und versucht, mich zurückzuhalten. »Sam, hör auf! Du wirst dich noch selbst verletzen!«

Aber ich hört nicht auf sie. Ich kann nicht. Ich bin von der Gier überwältigt. Nicht so, wie Mammon es sich vorgestellt hat. Nicht die Gier nach Macht oder Reichtum, die er mir anbieten kann ist es was mich antrieb. Ich bin nicht mehr Sam, sondern eine Bestie, die von einer bodenlosen Gier getrieben wird. Einem Ziel: Mammon zu vernichten Zu nehmen, was mir zusteht!

»Du kannst mich nicht besiegen«, keucht Mammon leise, als er versuchte, sich langsam aufzurappeln. Blut tropft aus unzähligen Wunden aus seinem Kopf. »Ich bin mächtiger als du, Sam. Du kannst mich nicht aufhalten.«

»Das werden wir noch sehen.«

Die Atmosphäre im Raum ist elektrisch geladen, als Mammon es doch geschafft hat aufzustehen. Aber nur weil ich es zulasse. Ich will noch ein bisschen mit ihm spielen, bevor ich ihn vernichte. Und so stehen wir uns erneut gegenüber. Mammons Augen funkeln vor Wut, während ich mit einem selbstgefälligen Grinsen auf ihn blicke und nur auf seinen Angriff wartete.

»Du glaubst also, du könntest mich besiegen?«, spottet Mammon. »Du bist nur ein jämmerlicher Mensch. Was kannst du schon gegen einen Prinzen der Hölle ausrichten?«

»Du hast keine Ahnung, Mammon. Du magst mächtig sein, aber ich habe etwas, das du nicht hast.«

»Und was soll das sein?«

»Einsicht«, antworte ich. »Ich habe erkannt,

was deine wahre Schwäche ist.«

»Ich habe keine Schwäche, Mensch. Ich bin die Verkörperung der Gier. Ich bin unbesiegbar.«

»Nein, das bist du nicht. Und das weißt du auch. Deine Gier ist deine größte Schwäche. Du kannst nicht widerstehen, du musst immer mehr haben. Und das wird schließlich und endlich dein Untergang sein.«

Mammon knirscht mit den Zähnen. »Du wagst es, mich zu beleidigen?«

»Es ist keine Beleidigung, wenn es die Wahrheit ist!«, erwidere ich. »Deine Gier hat dich blind gemacht. Du siehst nicht, dass du dich selbst zerstörst.«

Mammon lacht wieder, aber dieses Mal klingt es gezwungen. »Du redest Unsinn. Ich bin mächtiger als je zuvor.«

»Ach wirklich?«, frage ich ihn und hebe meine rechte Augenbraue. »Dann zeig es mir.«

Mammon stürzt sich mit letzter Kraft auf mich. Sein Angriff ist vorhersehbar, fast verzweifelt. Ich stehe fest, die Muskeln angespannt und bereit, jeder seiner Bewegungen zu begegnen. Mit einer Leichtigkeit, die aus jahrelangem Training und Kämpfen gegen Dunkelheit resultiert, weiche ich ihm aus, meine Bewegungen fließend und präzise. In dem Moment, als er vorbeischlägt, nutze ich seine offene Flanke und schlage mit aller Kraft zurück. Mammon taumelt überrascht zurück, seine Augen weit aufgerissen vor Schock und Unverständnis über meine plötzliche Stärke.

»Was ... was hast du getan?«, keucht Mammon, während er sich mühsam aufrichtet und versucht, sein Gleichgewicht wiederzufinden.

»Nicht viel ... Ich habe nur deine Gier gegen dich verwendet«, antworte ich ruhig. »Jedes Mal, wenn du versuchst, mich zu überwältigen und ich dir ausweiche, wird sie stärker. Und dadurch wirst du schwächer...«

Ein Schrei des Zorns und Schmerzes entweicht Mammons Lippen, ein Ausdruck seiner inneren Qual. In diesem Moment beginnt die Illusion, die seine wahre Form verbirgt, zu schwinden.

Seine monströse, drachenähnliche Erscheinung löst sich auf wie Rauch, der vom Wind verweht wird. Was zum Vorschein kommt, ist die wahre Gestalt des Dämons – nicht das furchteinflößende, drachenartige Wesen, das er zu sein schien, sondern ein jämmerlicher, verdorbener Dämon, der offensichtlich von seiner eigenen unersättlichen Gier verzehrt wird.

Sein wahrer Körper ist kleiner, geschwächt, mit verzerrten Zügen, die von jahrhundertelanger Verdammnis und innerem Verfall gezeichnet sind.

Seine Haut ist fahl und dünn, die Knochen darunter sichtbar und hervortretend, als ob die Gier selbst sein Fleisch von innen heraus auffrisst.

»Du magst mich vielleicht entlarvt haben«, knurrt Mammon mit einer Stimme, die von Schmerz und Wut verzerrt ist, »aber das wird dir überhaupt nichts nützen.«

»Doch, das wird es. Du wirst der zweite Prinz der Hölle sein, der durch mich sein Ende findet!«

Mammon faucht und stürzte sich auf mich. Ich stürze mich ihm entgegen. Wir prallen mit einer solchen Wucht aufeinander, dass der Boden unter uns erbebt. Ich wehre Mammons Klauen mit meinem Schwert ab, während ich gleichzeitig versuche, meinerseits einen Treffer zu landen. Aber Mammon ist immer noch schnell und wendig.

»Du kannst mich nie besiegen«, spottet Mammon, während er mich immer und immer wieder mit seinen Klauen attackiert. »Die Gier wird auch dich überwältigen.«

»Die Gier? Bitte. Ich habe schon schlimmere Dinge in mir gehabt.«

Der Kampf mit Mammon erweist sich als ungemein zäh. Jedes Mal, wenn ich glaube, endlich die Oberhand gewonnen zu haben, setzt Mammon seine perfide Macht der Gier ein, um meine Gedanken abzulenken und mein Urteilsvermögen zu verwirren. Doch mit jeder Attacke, mit jedem seiner Versuche, mich zu manipulieren, spüre ich, wie seine Macht nachlässt. Langsam aber sicher werde ich immun gegen seine Täuschungen, beginne seine Visionen zu durchschauen und sie zu ignorieren.

»Gib auf kümmerlicher Mensch!«, knurrt Mammon mich mit schwächer werdender Stimme an. »Du kannst mich nicht besiegen!«

»Red' du nur«, entgegne ich, während ich meine Angriffsposition festige, »Das werden wir noch sehen ...«

Plötzlich, mit einem explosiven Ausbruch von Energie, treffe ich Mammon mit einem kraftvollen Schlag erneut direkt in sein Gesicht. Der Dämon taumelt überrascht zurück, seine Augen aufgerissen in schockierter Verwirrung über die Wucht des Schlages. Ich lasse ihm keine Zeit, sich zu erholen, sondern stürze mich mit erneuerter Entschlossenheit auf ihn. Mein Schwert, bereit in meiner Hand, schwingt durch die Luft, zielstrebig auf sein finsteres Herz gerichtet.

»Das ist für Ethan!«, zische ich, während ich meine Klinge mit aller Kraft tief in Mammons Brust ramme. Das Metall durchdringt das dämonische

Fleisch, als wäre es von seiner eigenen Schwere geleitet.

Mammon lässt einen markerschütternden Schrei des Schmerzes und der Wut los, während er langsam zu Boden sinkt. Mein Schwert hat sein Herz durchbohrt, ein Ende für seine Schreckensherrschaft setzend. Ich stehe über ihm, triumphiere in dem Bewusstsein der errungenen Übermacht. Endlich habe ich Mammon, den Großfürst der Gier, besiegt.

»Es ist vorbei!«, sage ich mit fester, unerschütterlicher Stimme, während ich mein Schwert langsam aus Mammons Brust ziehe. »Deine eigene Gier hat dich besiegt.«

Mammon keucht und hustet, kämpft verzweifelt darum, sich aufzurichten. Seine Haut beginnt sich zu verändern, sich in Asche zu verwandeln, ein Zeichen seines nahenden Endes. »Du magst gewonnen haben, Mensch«, flüstert er mit letzter Kraft, »aber das ist noch nicht das Ende.«

Doch ich erwidere unbeeindruckt: »Doch. Genau das ist es! Zumindest deines! Und die restlichen Prinzen werden auch noch fallen!«

Mit einem letzten, kraftvollen Schlag trenne ich seinen Kopf mit einer kraftvollen, fließenden Bewegung meines Schwertes von seinem Körper. Die Luft scheint für einen Moment stillzustehen, als der

Kopf des Dämonenprinzen zu Boden fällt und sein Körper in Flammen aufgeht und sich schnell in einen dunklen, rauchigen Nebel auflöst. Der Boden der Hölle bebt leicht, als ob er den Tod eines seiner mächtigsten Bewohner betrauert.

Inmitten des sich auflösenden Rauchs glitzert etwas inmitten der Asche, die von Mammons Körper übrig geblieben ist. Zwei Kristalle liegen auf dem Boden. Einer leuchtet in einem ein strahlenden Rot, einer meiner Seelensplitter, und der andere hatte ein tiefes, undurchdringliches Schwarz, Mammons Dämonenseelenkristall.

Ich trete vor, meine Schritte hallen leise in der Stille, die nach dem Kampfeslärm umso drückender wirkt. Mein Blick ist auf den kleinen, leuchtenden Seelensplitter gerichtet, der auf dem staubigen Boden liegt. Er scheint trotz seiner Kleinheit das einzige Licht in dieser Dunkelheit zu sein, ein winziges Flackern von Hoffnung und Wiedergutmachung.

Langsam beuge ich mich hinunter, strecke meine Hand aus und greife nach ich. Als meine Finger den kühlen, glänzenden Splitter berühren, durchfährt mich eine unerwartete Welle von Emotionen und Erinnerungen. Es ist, als würde ein Staudamm brechen, und plötzlich strömen unzählige Bilder und Gefühle durch meinen Geist und Körper.

Jede Erinnerung, jedes vergessene Gefühl, das mit diesem Teil meiner Seele verbunden war, kehrt zu mir zurück.

Es sind Erinnerungen an meine Kindheit, an Momente des Glücks, des Schmerzes, der Liebe und des Verlustes. Es sind nicht nur Bilder, es sind Emotionen, roh und ungeschönt, die mein Herz mit einer Intensität füllen, die mich fast überwältigt.

Ich spüre, wie der Seelensplitter mit meiner Seele zu verschmelzen beginnt. Es ist ein tiefes, fast schmerzhaftes Gefühl der Vollständigkeit, das sich langsam in meinem Inneren ausbreitet. Jeder Teil von mir, der sich verloren und leer angefühlt hatte, wird nun gefüllt, als ob ich nach langer Zeit endlich wieder ganz wäre. Die Lücken, die ich bis zu diesem Moment nur unterbewusst wahrgenommen hatte, schließen sich, und mit jedem Moment, in dem der Splitter tiefer mit mir verschmilzt, fühle ich mich stärker, gefestigter.

Das neue Gefühl der Vollständigkeit bringt eine unerwartete Ruhe mit sich, einen tiefen inneren Frieden, der mir gänzlich neu ist. Es ist, als ob ich jahrelang nur auf einem Bein gestanden hätte und nun plötzlich das andere wiederfinde. Die Stabilität, die daraus resultiert, ist überwältigend. Ich stehe auf, meine rechte Hand auf meiner linken Brust und atme tief durch. Die Welt um mich herum scheint plötzlich weniger düster, weniger bedrohlich.

Dann wende ich mich dem schwarzen Kristall zu, der vor mir auf dem staubigen Boden liegt. Sein dunkles Funkeln zieht mich magisch an, und ich kann die pulsierende, dunkle Energie, die in ihm eingeschlossen ist, fast greifen. Diese Energie ist mächtig, roh und ungetrübt, voll von Mammons unermesslicher Macht und dessen unstillbarer Gier.

Ich weiß, dass die Absorption dieses Kristalls mir Kräfte verleihen wird, die jenseits aller meiner bisherigen Vorstellungen liegen.

»Bist du dir wirklich sicher, dass du das tun willst?«, fragt Beatrice besorgt, während sie an meine Seite tritt. Ihre Stimme ist voller Sorge, ihre Augen suchen die meinen, als ob sie eine Antwort in ihnen finden könnte, die ihre Ängste beruhigt. »Das ist Mammons Essenz. Wer weiß, welche Auswirkungen das auf dich haben könnte? «

Ich lächele überheblich, ein Ausdruck von Zuversicht und vielleicht auch von Herausforderung in meinem Blick.

»Ich weiß ganz genau welche Auswirkungen sie auf mich haben wird. Ich habe bereits Luzis Essenz in mir. Was könnte Mammons Essenz schon zusätzlich anrichten können, außer mir noch mehr Macht zu geben?«

Ohne zu zögern, greife ich nach dem Kristall.

Das kalte, fast lebendige Mineral fühlt sich in meiner Hand schwer an, als ob es widerwillig wäre, seine Macht freizugeben. Doch als ich den Kristall ergreife, spüre ich, wie die dunkle Energie in mich eindringt, sich ihren Weg durch jede Faser meines Seins bahnt.

Die Energie pulsiert durch meine Adern, eine Flutwelle dunkler, mächtiger Kraft, die alles auf ihrem Weg verzehrt und transformiert. Ich fühle, wie meine Muskeln sich stärken, jeder Teil meines Körpers fühlt sich kräftiger, widerstandsfähiger an. Meine Sinne schärfen sich auf ein fast übernatürliches Maß, und plötzlich scheint es, als könne ich jedes leise Flüstern, jeden leisen Schritt in meiner Umgebung wahrnehmen. Die Welt um mich herum wird klarer, die Farben intensiver und die Geräusche deutlicher. Es ist, als ob ich durch einen Schleier geblickt hätte, der nun gelüftet wurde.

Die Macht von Mammons Essenz verschmilzt mit der dunklen Energie von Luzifers Seele in meinem Inneren, eine Symbiose, die mein ganzes Wesen verändert. Verschmilzt mit mir.

Ich spüre, wie ich nicht nur körperlich, sondern auch geistig wachse, wie meine Gedanken schneller, schärfer und raffinierter werden. Es ist ein überwältigendes Gefühl von Stärke und Erkenntnis, und ich weiß, dass ich jetzt mehr denn je zuvor fähig bin, alles zu konfrontieren, was mir das Schicksal noch entgegenwerfen mag.

Während die Energie weiter in mich eindringt und mich transformiert, stehe ich da, von neuer Kraft erfüllt, bereit, die Welt mit neuen Augen zu sehen und jeder Herausforderung, die kommen mag, die Stirn zu bieten.

»Wie fühlst du dich?«, fragt mich Beatrice besorgt, ihre Stimme zittert leicht.

Ich drehe mich zu ihr um, meine Augen funkeln vor Macht. »Einfach Unglaublich!«, antwortet ich mit einem Grinsen auf meinem Gesicht. »Ich habe das Gefühl, als könnte ich die ganze Welt erobern. Als könnte absolut nichts und niemand mich aufhalten.«

Beatrice tritt einen Schritt zurück, sichtlich beunruhigt. »Sam, du musst nun wirklich vorsichtig sein. Diese ganze Macht der beiden Seelen könnte dich überwältigen.«

»Keine Sorge, meine Süße. Ich habe alles unter Kontrolle. Ich habe immer alles unter Kontrolle!«

Ich strecke die Hand aus und ziehe Beatrice an mich. »Jetzt, da Mammon besiegt ist, können wir endlich nach Hause zurückkehren.«

Beatrice nickt, obwohl sie mich immer noch besorgt ansieht. »Ja, lass uns gehen. Lass uns die

Hölle hinter uns lassen und zurück zur Hütte gehen.«

Während wir uns auf den Weg machen, kann ich nicht anders, als mich von der Macht, die jetzt neu in mir pulsiert, berauscht zu fühlen. Ich weiß, dass ich vorsichtig sein muss, aber im Moment fühle ich mich einfach nur unbesiegbar.

KAPITEL 12:

NACH DEM STURM

Das Portal zischt und knistert, als ich und Beatrice hindurchtreten. Die Luft um uns herum scheint zu vibrieren, während die Grenze zwischen den Welten sich manifestiert. Das Portal selbst wirkt wie eine pulsierende Wunde im Gewebe der Realität, ein zerrissenes Fenster, das zwei grundlegend verschiedene Existenzformen trennt. Es leuchtet in einem unheimlichen, schwankenden Licht, das zwischen dunklem Rot und tiefem Schwarz oszilliert, seine Ränder unregelmäßig und von gelegentlich aufzuckenden Funken umgeben. Jedes Zischen und Knistern ist wie das Flüstern alter Geheimnisse, die sich der Verständlichkeit entziehen und doch eine tiefe Bedeutung tragen.

Als wir durch das Portal schreiten, fühlt es sich an, als würden wir durch einen dichten, fast greifbaren Vorhang aus Energie gehen. Die Atmosphäre auf der anderen Seite ändert sich schlagartig. Der drückende Schwefelgeruch und die erdrückende Hitze der Hölle weichen einer frischen Brise und dem vertrauten Geruch von Beatrices Häuschen. Die schiere Intensität der Hölle, mit ihrem unaufhörlichen Chaos und der lodernden Hitze, steht im starken Kontrast zu der ruhigen und friedlichen Umgebung, die wir nun betreten.

Wir finden uns in der vertrauten Umgebung von Beatrices Häuschen wieder. Es ist ein schlichter, gemütlicher Ort, der durch das sanfte Glühen der Abenddämmerung in ein weiches Licht getaucht wird. Die Hölle, mit all ihrer Brutalität und ihrem unerbittlichen Druck, scheint nun wieder weit entfernt zu sein, obwohl wir tatsächlich nur wenige Momente zuvor dort gewesen sind. Die Luft hier ist kühl und rein, eine wohltuende Erleichterung nach der stickigen, brennenden Atmosphäre, die wir gerade verlassen haben.

Das plötzliche Gefühl der Sicherheit und des Friedens, das das Häuschen ausstrahlt, ist fast überwältigend. Die Wände, die Möbel, sogar die kleinen, persönlichen Gegenstände, die überall verstreut sind, strahlen eine Art stille Stärke und Beständigkeit aus, die nach den Turbulenzen der Hölle besonders tröstlich wirkt. Es ist, als hätten wir eine lange, beschwerliche Reise hinter uns gebracht und wären endlich nach Hause zurückgekehrt, zu einem Ort, der zwar einfach, aber ungemein beruhigend ist.

Diese drastische Veränderung der Umgebung unterstreicht nur noch mehr, wie fern und isoliert die Hölle in Wirklichkeit ist – ein Ort, der in seiner wilden und ungestümen Natur so sehr von der menschlichen Erfahrung abweicht, dass er fast wie eine andere Welt erscheint. Und jetzt, sicher im häuslichen Refugium, erlauben wir uns endlich, tief durchzuatmen und die Last und den Stress der jüngsten Ereignisse hinter uns zu lassen. Beatrices Bruder, Ethan, liegt auf der Couch im Wohnzimmer, sichtlich erschöpft, aber bei Bewusstsein. Als er seine Schwester sieht, leuchten seine Augen auf, und er versucht sich aufzusetzen.

»Beatrice!«, ruft er und streckt seine Hand nach ihr aus.

Sie eilt zu ihm und umarmt ihn fest. »Es ist vorbei, Ethan. Du bist sicher. Mammon ist tot und sein Bann über dich und mich sollte bald verfliegen ...«

Er nickt und sieht dann direkt zu mir auf. »Danke«, sagt er mit rauer Stimme. »Ohne dich wäre ich wohl noch immer von Mammon besessen ...«

Ich zucke mit den Schultern »Es war nichts Weltbewegendes. Nur ein weiterer Dämon, der ausgeschaltet werden musste.«

Beatrice wirft mir einen warnenden Blick zu, aber ich ignoriere ihn. »Und, wie fühlst du dich?«, frage ich Ethan.

»Erschöpft«, antwortet er. »Aber ich fühle mich wieder wie mich selbst. Ich denke ich werde es überstehen. Dank dir.«

Ich winke ab. »Du kannst mir später danken. Vielleicht mit einem guten Essen? Ich habe in der Hölle nicht wirklich etwas Essbares gefunden.«

»Immer der Charmeur, nicht wahr, Sam?«

Ich zwinkere ihr zu. »Du kennst mich doch.«

Sie setzt sich neben ihren Bruder und hält seine Hand. »Wir sollten dich vielleicht ins Krankenhaus bringen, nur um sicherzugehen, dass alles in Ordnung ist.«

»Ich denke nicht, dass das nötig ist. Meine Wunden habt ihr gut versorgt und der Fluch wird verfliegen, das kann auch ein Krankenhaus nicht beschleunigen. Ich möchte mich nur noch etwas ausruhen.«

»Das hast du dir verdient.«

Während Ethan schläft, setzen wir uns beide auf

die Veranda und sehen uns die Sterne an. Es ist erneut eine klare Nacht, und die Luft ist frisch und kühl. Fast zu frisch. Irgendwie war es in der Hölle angenehmer.

»Denkst du, es ist vorbei?«, fragt Beatrice leise.

Ich zögere einen kurzen Moment. »Für jetzt zumindest ja. Aber es gibt immer noch viele Dämonen da draußen. Und ich werde nicht aufhören, bis ich sie alle besiegt habe.«

Beatrice sieht mich fragend an. »Und was ist mit uns?«

»Ich weiß es nicht, Beatrice. Aber ich weiß, dass ich dich an meiner Seite haben möchte.«

Beatrice sieht mich an, ihre Augen suchen in meinen nach einer tiefen Verbindung. »Sam ...«, beginnt sie, »ich muss dir etwas sagen.«

»Was ist es?«

»Ich ...«, sie zögert, »... ich liebe dich, Sam.«

Es herrschte Stille. Ich sehe sie an, mein Blick undurchdringlich. »Beatrice ...«, beginne ich, meine Stimme klingt rau.

»Ich weiß, dass es nicht der richtige Zeitpunkt ist«, unterbricht sie mich, »aber ich musste es dir sagen. Ich kann nicht länger schweigen.«

Ich seufze leise und lehnte mich zurück. »Beatrice, ich schätze dich wirklich. Du bist stark, mutig und unglaublich. Aber...«, ich zögere, »... ich bin nicht sicher, ob ich wirklich das Gleiche für dich empfinde. Nicht jetzt, nicht nach allem, was passiert ist.«

Beatrice sieht mich an, ich kann Tränen in ihren Augen sehen. »Ist es wegen der Dämonenseelen?«

»Vielleicht. Teilweise. Sie beeinflussen mich, mehr als ich zugeben möchte. Ich fühle mich... anders. Mächtiger, ja, aber auch dunkler. Ich bin nicht sicher, ob ich jetzt in der Lage bin, jemanden zu lieben.«

»Aber ich kann dir helfen«, sagt Beatrice verzweifelt. »Wir können das zusammen durchstehen.«

Ich schüttele den Kopf. »Es ist nicht so einfach. Diese Seelen sind mächtig, und ich weiß nicht, wie lange ich ihnen widerstehen kann.«

Beatrice sieht mich an, ihre Augen flehend. »Bitte, Sam. Gib uns eine Chance.«

Ich fühle tief in mir einen Schmerz, einen Schmerz der mich dazu bringen will mich auf sie einzulassen, ihr zu sagen, dass ich sie auch liebe ... verdammt, ich fühle es ja auch ... aber ich fühle auch etwas anderes in mir. Eine Art Abneigung gegen sie. Sie ist nur ein einfacher Mensch. So verletzlich. So schwach. »Ich kann dir das nicht antun, Beatrice. Nicht jetzt.«

Sie sieht mich an, Tränen laufen ihr nun über ihre Wangen. »Dann werde ich warten ...«, flüstert sie. »… ich werde warten, so lange es dauert. Du wirst erkennen, dass du das gleiche für mich fühlst. Ich werde auf den Tag warten, an dem du dies erkennen wirst. Und ich werde da sein für dich.«

Ich sehe sie an, mein Herz ist zerrissen zwischen der Dunkelheit in mir und der Liebe, die ich für sie empfinde. »Ich hoffe wirklich, dass es nicht zu lange dauert«, flüstere ich zurück.

Ich stehe auf. Beide Dämonenseelen in mir pulsieren, und ich kann ihre dunkle Energie spüren, die durch meine Adern strömt. Ich sehe zu Beatrice hinab, die immer noch auf der Bank sitzt, ihre Augen rot und geschwollen vom Weinen.

»Ich sollte gehen …«, sage ich leise.

Beatrice nickt, ohne mich wirklich anzusehen. »Ja, vielleicht ist das das Beste. Aber komm bitte zurück, wenn du erkennst dass es ein Fehler war zu gehen …«

Ich hebe ihr Kinn an, sodass sie mich ansehen muss. »Beatrice, es tut mir leid. Ich wünschte, ich könnte dir das geben, was du willst. Aber ich bin mir wirklich nicht sicher, ob ich das überhaupt kann …«

Sie sieht mir tief in die Augen. »Ich verstehe, Sam. Aber das ändert aber nichts daran, wie ich mich fühle.«

Ich nicke und küsse sie sanft auf die Stirn.

»Pass auf dich auf, Beatrice.«

Sie wischt sich die Tränen weg und schaut wieder zu Boden.

Ich drehe mich um und gehe zur Straße. Ich drehe mich noch einmal um und sehe sie an. »Ich werde dich vermissen ...«, flüstere ich ihr zu, aber laut genug, dass sie es verstehen kann.

Sie lächelt traurig. »Ich dich auch ...«

Mit diesen Worten verlasse ich sie und mache mich auf den Weg durch die nächtlichen Straßen. Die Stadt liegt still vor mir, nur das leise Summen der Straßenlaternen war zu hören. Aber in meinem Kopf ist es alles andere als still. Die beiden Dämonenseelen in mir flüstern und lachen und ich kann ihre dunkle Energie spüren, die mich langsam von innen heraus verzehrt.

Ich gehe an einer Gruppe von Menschen vorbei, die auf der Straße stehen und sich unterhalten. Etwas in mir zieht mich zu ihnen hin und ich konnte den Drang spüren mich ihnen zu nähern und zu schlagen. Aber ich widerstehe dem Drang und gehe einfach weiter.

»Menschen ...«, murmele ich vor sich hin. »Warum widern sie mich auf einmal so an?«

Ich versuche, die Gedanken zu vertreiben. Aber je mehr ich darüber nachdenke, desto stärker wird das Gefühl. Es ist, als ob die Dämonenseelen in mir mich dazu drängen, mich von den Menschen fern-zuhalten, als ob sie eine Bedrohung für mich dar-stellen.

Ich bleibe stehen und lehne mich gegen eine Wand. Ich schließe die Augen und versuche, mich zu konzentrieren. Aber die Stimmen in meinem Kopf werden immer lauter und lauter, und ich kann sie nicht mehr ignorieren.

»Was wollt ihr nur von mir?«, flüstere ich in mich hinein.

Die Stimmen lachen. »Du gehörst uns, Samuel. Du kannst dich nicht vor uns verstecken.«

»Nein, das werde ich nicht zulassen.«

Die Stimmen lachen wieder. »Du hast keine Wahl, Sam. Du bist jetzt einer von uns.«

Ich öffne die Augen und sehe mich um. Die Straßen sind leer, und ich bin allein. Aber ich weiß, dass ich nicht wirklich allein bin. Die Dämonensee-len in mir sind nun immer bei mir, und ich werde sie nie wieder loswerden.

Mit einem tiefen Seufzer mache ich mich auf den Weg nach Hause. Ich weiß, dass ich vor den Dämonenseelen nicht davonlaufen kann, aber ich werde alles tun, um sie zu bekämpfen. Und ich werde nicht aufgeben, bis ich sie besiegt habe. Sie haben mir zu dienen und nicht ich ihnen!

Ich stehe auf dem Dach meiner Wohnung, das einen weiten Blick über die Stadt bietet. Der Wind weht durch meine Haare, und ich spürt die kühle Nachtluft auf meiner Haut. Ich denke an alles, was ich durchgemacht habe. An die Kämpfe, die ich gekämpft habe und an die Dämonen, die ich besiegt habe. Aber ich weiß leider, dass meine Reise noch nicht vorbei ist. Noch zu viel liegt vor mir. Zu viel was ich noch erreichen muss.

»Zwei Dämonenprinzen der Hölle in mir ...«, murmele ich vor mich hin. »Und das ist erst der Anfang ...«

Ich denke an Beatrice und an die Zeit, die wir zusammen verbracht haben. Ich habe wirklich Gefühle für sie entwickelt, das konnte ich nicht leugnen. Aber ich weiß auch, dass ich nicht der Richtige für sie bin. Nicht jetzt. Nicht mit den Dämonenseelen in mir. »Sie verdient jemanden Besseren ...«

Ich denke an Mammon und an die Macht der Gier, die ich jetzt noch stärker in mir spüre. Ich kann die Energie spüren, die durch meine Adern pulsiert und ich weiß, dass ich dagegen ankämpfen muss, um mich nicht komplett zu verlieren. »Ich werde nicht zulassen, dass sie mich kontrollieren.«

Ich denke an die bevorstehenden Herausforderungen und an die anderen Dämonenprinzen der Hölle, die ich noch besiegen muss um meine Seele wieder zu vervollständigen. Ich weiß, dass es nicht einfach werden wird, aber ich bin bereit alles zu tun, um sie zu besiegen.

»Ich werde nicht aufgeben«, sage ich in die Nacht zu mir selbst. »Nicht jetzt, nicht nach allem, was ich durchgemacht habe.«

Ich schließe meine Augen und konzentriere mich. Ich spüre die Dämonenseelen in mir und die Macht, die sie mir geben. Ich spüre auch die Dunkelheit, die sie mit sich bringen und die Versuchung, mich ihr hinzugeben.

»Nein! Ich werde mich nicht von ihnen kontrollieren lassen.«

Ich öffne meine Augen und sehe ein Höllenportal vor mir. Ich, oder besser gesagt, die beiden Seelen in mir mussten es geöffnet haben, als ich in Gedanken war. Es ist ein dunkles, wirbelndes Loch, das in die Hölle hinabführt. Ich fühle, dass ich zurückkehren muss, um meine Mission zu beenden.

»Es ist also wirklich noch nicht vorbei.«, sage ich entschlossen und trete vor das Portal und bereite mich darauf vor, es zu betreten. Ich weiß, dass ich vor den Dämonen der Hölle nicht davonlaufen kann, aber ich bin bereit, mich ihnen zu stellen.

»Ich komme ...«, flüstere ich, bevor ich in das Portal trete und in die Dunkelheit verschwinde.

Das Portal schließt sich hinter mir.

Der Wind weht wohl weiter über das Dach und die Stadt liegt wohl ebenso weiter still und friedlich da.

Genauso als wäre nie etwas geschehen.

KAPITEL 13:

Ein Neuer Anfang

Die Hölle ist ein Ort des Chaos, der Zerstörung und der Dunkelheit. Aber für mich ist sie mittlerweile auch ein Ort der Erkenntnis, der Macht und der Veränderung. Ich stehe auf einem Felsvorsprung und blicke auf die endlosen, brennenden Landschaften hinunter, die sich vor mir erstrecken. Die Flammen tanzen und wirbeln in der Dunkelheit und der Geruch von Schwefel und Asche hängt in der Luft. Irgendwie ein angenehmer Duft.

»Es ist seltsam«, murmele ich vor mich hin. »Ich hätte nie gedacht, dass ich mich hier so ... zu Hause fühlen würde ...«

Ich denke an die Erde, an die Menschen und an alles, was ich dort zurückgelassen habe. Aber ich spüre auch, dass ich hier in der Hölle etwas gefunden habe, das ich auf der Erde nie gefunden hätte: mich selbst!

»Die Menschen verstehen nicht. Sie sehen nur die Dunkelheit, das Böse. Aber sie sehen nicht die Macht, die Möglichkeiten.«

Ich denke erneut an die beiden Dämonenseelen in mir, an die Energie und die Macht, die sie mir geben. Ich spüre, wie sie durch meine Adern pulsieren, wie sie mich stärken und mir helfen, mich selbst zu finden.

»Ich bin nicht mehr der, der ich einmal war ... ich bin stärker ... ich bin mächtiger ... und ich werde nicht aufgeben ...«

Ich muss erneut an Beatrice und an die Zeit, die wir zusammen verbracht haben denken. Sie geht mir nicht aus meinen Gedanken. »Sie versteht nicht ... sie sieht nur das Gute in mir. Aber sie sieht nicht die Dunkelheit, die Macht ...«

Ich schließe meine Augen und lasse die Energie der Dämonenseelen ungehemmt durch mich hindurchfließen. Ich koste das Gefühl aus, spüre, wie sie mich weiter verändern, wie sie mich formen und mir weiter helfen, mich selbst zu finden.

»Ich bin bereit ... ich bin bereit, mich den restlichen Dämonen der Hölle zu stellen. Und ich werde sie alle besiegen!«

Ich öffne meine Augen und blicke entschlossen in die flammende Weite.

»Ich komme ...«, flüstere ich, bevor ich mich in die Dunkelheit stürze und mich auf die bevorstehenden Herausforderungen vorbereite.

Die Dunkelheit der Hölle ist durchzogen von den leuchtenden Flammen und dem ständigen, dumpfen Dröhnen der Ferne. Ich schreite zielstrebig voran, obwohl ich kein Ziel habe, als eine mir bekannte Silhouette aus einem der Schatten tritt. Eine hübsche Dämonin, meine Dämonin, steht vor mir, ihre Augen funkeln verführerisch.

»Du bist also zurück. Hast du mich gesucht?«, fragt sie mit einem Lächeln, das sowohl Versprechen als auch Gefahr ausstrahlt.

Ich spüre, wie mein überhebliches Grinsen zurückkehrt. »Ich könnte dich das dasselbe fragen ... ich dachte, ich hätte dich das letzte Mal in einer ziemlich misslichen Lage zurückgelassen.«

Die Dämonin lacht leise, ein Klang, der gleichzeitig süß und gefährlich ist. »Du denkst, du könntest mich so leicht loswerden?«

»Nein, ich habe mich schon gefragt wann ich dich wiedersehe.«, erwidere ich, meine Augen wandern über ihre Gestalt. »Da fällt mir ein. Du hast mir deinen Namen nie verraten ...«

Sie tritt näher und ihre Finger streichen sanft über meine Wange. »Mein Name ist Lysandra. Und ich bin keine gewöhnliche Dämonin. Ich bin eine Stolz-Wollust-Dämonin.«

»Das erklärt so einiges. Vor allem die ... Anziehung.«

Lysandra lächelt verführerisch. »Du bist nicht der Einzige, der sich angezogen fühlt, Sam. Es gibt etwas an dir, das mich fasziniert. Vielleicht sind es die Dämonenseelen in dir. Oder vielleicht ist es einfach nur das Spiel zwischen uns.«

»Ein gefährliches Spiel«, bemerke ich. »Woher weißt du überhaupt von der zweiten Seele?«

»Ich habe meine Quellen. Und außerdem kann ich sie in dir spüren. Sie spielen mit dir.«, flüstert sie, ihre Lippen nur Zentimeter von meinen entfernt.

Ich trete einen Schritt zurück, meine Augen funkeln vor Herausforderung. »Ich bin nicht hier, um Spiele zu spielen, Lysandra. Ich habe eine Mission.«

Lysandra lacht. »Und ich bin hier, um dich daran zu hindern.«

»Warum?«, frage ich sie, meine Stimme kalt.

»Warum wohl? Weil es Spaß macht!«, antwortet sie mit einem Augenzwinkern. »Und weil ich sehen will, wie weit du gehen würdest, um zu bekommen, was du willst.«

»Du wirst es herausfinden.«

Wir beide starren uns einen Moment lang an, die Spannung zwischen uns beiden ist fast greifbar. Die Atmosphäre ist elektrisch geladen. Die Hitze der Hölle scheint im Vergleich zu der zwischen uns beiden sogar kühl zu sein.

»Du spielst ein gefährliches Spiel, Lysandra«, flüstere ich, meine Stimme rau vor Verlangen.

Lysandra tritt näher, ihre Finger streichen sanft über meinen Kopf. »Das Leben ist ein Spiel, Sam. Und ich spiele, um zu gewinnen.«

Ich lache leise, meine Hand umfasst ihr Kinn und ich ziehe sie zu mir. »Na dann lass uns spielen Lys ...«

Unsere Lippen treffen sich in einem leidenschaftlichen Kuss, der die Welt um uns herum vergessen lässt. Es ist ein Tanz von Macht und Verlangen, ein Spiel von Dominanz und Unterwerfung. Unsere Hände erforschen einander, als ob wir uns zum ersten Mal berührten, obwohl wir uns bereits so gut kennen.

Lysandra löst sich von meinen Lippen und sieht mir tief in die Augen. »Du denkst, du kannst mich kontrollieren, Sam?«, flüstert sie, ihr Atem warm gegen meine Haut.

»Ich denke, ich kann es zumindest versuchen.«

»Versuchen ist das Stichwort. Aber das ist meine Spezialität ...«

Sie zieht mich näher zu sich und unsere Lippen treffen sich erneut. Es ist ein Kuss voller Verlangen und Leidenschaft, der keine Fragen stellt und keine Antworten gibt. Es ist einfach nur ein Moment, in dem zwei Seelen sich finden und verlieren.

Die Zeit scheint stillzustehen, als wir uns einander hingeben, die Welt um uns herum vergessend. Es ist ein Tanz von Licht und Schatten, von Hitze und Kälte, von Macht und Unterwerfung.

Als wir uns schließlich voneinander lösen, sind wir beide atemlos. Ich schaue Lysandra an, meine Augen dunkel vor Verlangen. »Das ist ...«, beginne ich, aber Lysandra legt mir einen Finger auf die Lippen.

»Sag nichts ...«, flüstert sie. »Manchmal sind Worte überflüssig.«

Ich nicke und ziehe sie zu mir. »Lass uns weitermachen«

»Immer«, antwortet sie »Bist du wirklich bereit für mich?«, fragt sie mit sanfter, verführerischer Stimme. Der Gedanke mit ihr zusammen zu sein erregt mich. Eine Beziehung mit einer Dämonin ... Sie nähert sich mir langsam. Ihre Augen fixierten die meinen, als ob sie mich herausfordern will, nicht zu widerstehen. Als sie mich erreicht hat, schlingt sie ihre Arme um meinen Hals, zieht mich erneut an sich und küsst mich voller Leidenschaft.

Meine Hände wandern über ihren Körper, fühlen jede Kurve und Kontur. Ihre Haut ist weich und warm, und ich kann spüren, wie ihr Herz schnell gegen meine Brust schlägt. Während wir uns weiter küssen, vertieft sich unsere Verbindung, und die Leidenschaft zwischen uns wächst.

Ohne zu zögern, zieht sie mich näher zu sich. Ich spüre ihre Berührung, die mich durchströmt. Mit einer schnellen Bewegung lösen wir die letzten Barrieren zwischen uns und geben uns der Intensität des Moments hin.

Ich lasse meine Kleidung hinter mir, und sie lächelt mich an, ihre Augen voller Verlangen. Sie wünscht sich, dass dieser Augenblick ewig andauert, ohne dass etwas unsere Nähe unterbricht. Als sie kurz darauf vor mir steht, kann ich nicht anders, als ihre Schönheit zu bewundern. Ihre Anmut ist einfach perfekt, und ihr langes schwarzes Haar fällt in lockeren Wellen über ihre Schultern.

Ohne weitere Verzögerung nähert sie sich mir, ihre Berührungen sind sanft und voller Hingabe. Meine Sinne werden überwältigt, und ich fühle, dass ich niemals genug von ihr bekommen könnte. Ich schlinge meine Arme um sie und halte sie fest. Unsere Verbindung vertieft sich, und ich kann meine

Gefühle nicht mehr zurückhalten.

Plötzlich löst sie sich von mir, und ein Moment der Leere entsteht. Doch dann schlingt sie ihr Bein um mich, und ich ziehe sie näher zu mir. Es ist ein langsamer und sinnlicher Tanz, bei dem wir uns beide im Moment verlieren. Unsere Körper bewegen sich in perfekter Harmonie, und ich spüre, wie tief unsere Gefühle füreinander sind. Als wir schließlich den Höhepunkt erreichen, ist es ein überwältigendes Empfinden, das uns beide nach Luft schnappen lässt. Wir haben etwas Besonderes zwischen uns geschaffen, und keiner von uns will, dass es je endet.

Nachdem wir uns voneinander gelöst haben und uns wieder angezogen haben, sieht Lysandra mich sehr ernst an. »Ich will den Augenblick nicht kaputt machen, aber es gibt etwas, was ich dir unbedingt sagen muss. Etwas das du wissen musst«, beginnt sie, ihre Stimme ernst.

»Was denn?«

»Es geht um Asmodeus«, sagt sie leise. »Er hat etwas geplant, etwas Großes ...«

Ich schnaube. »Asmodeus? Der Prinz der Wollust? Was kann er schon tun, außer ein paar unschuldige Seelen zu verführen?«

Lysandra schüttelt den Kopf. »Er hat was größeres vor, als nur ein paar Seelen zu verführen. Er will die ganze Menschheit verführen und die ganze Welt dadurch ins Chaos stürzen ...«

»Das haben schon viele vor ihm versucht. Was macht ihn so besonders?«

»Er hat etwas«, sagt Lysandra, ihre Stimme zittert leicht. »Etwas Mächtiges. Etwas, das die Macht hat, die ganze Welt zu verändern.«

»Und was ist das?«

Lysandra zögert. »Ich weiß es nicht genau. Aber ich habe Gerüchte gehört. Gerüchte von einem Artefakt, das die Macht hat, die Seelen der Menschen zu kontrollieren.«

»Ein Artefakt? Das klingt nach einer schlecht geschriebenen Fantasygeschichte ...«

»Das mag sein. Aber ich habe mit eigenen Augen gesehen, was es tun kann. Und ich fürchte, dass Asmodeus es nutzen wird, um die Welt zu zerstören.«

Ich sehe sie ernst an. »Warum erzählst du mir das?«

Lysandra seufzt. »Weil ich glaube, dass du der Einzige bist, der ihn aufhalten kann.«

»Ich? Warum sollte ich das tun?«

»Weil du mächtig bist«, antwortet Lysandra. »Mächtiger, als du denkst. Und weil ich glaube, dass du, tief in dir drin, immer noch ein Herz hast. Und noch mächtiger werden willst.«

Ich schaue sie an und kann die Wut in mir auf-keimen spüren. »Du kennst mich nicht!«

»Das stimmt«, sagt Lysandra leise. »Zumindest noch nicht. Aber ich kenne Asmodeus. Und ich weiß, dass er nicht aufgehalten werden kann, es sei denn, jemand mit deiner Macht stellt sich ihm ent-gegen.«

»Und was bekomme ich dafür?«

Lysandra lächelt mich an. »Die Befriedigung, die Welt gerettet zu haben?«

»Das klingt nicht besonders verlockend.«

Lysandra tritt näher, ihre Finger streichen sanft über meinen Schritt. »Vielleicht gibt es auch andere Belohnungen. Andere Befriedigungen?«, flüstert sie mir lasziv lächelnd in mein Ohr.

Ich schaue ihr tief in die Augen und spüre die Erregung durch meinen Körper fließen. »Na das hört sich schon besser an …«

Über den Autor:

Ed Berg, geboren 1983, ist ein Softwareentwickler, Computerspieler, Familienvater und Autor aus Bayern. Mit Ende 30 entdeckte er das Schreiben für sich.

Mehr Informationen zu Ed und seinen Büchern finden sich unter https://www.ed-berg.de

Social Media:

https://www.facebook.com/ed.berg.author
https://www.instagram.com/ed.berg.author
https://www.youtube.com/@Ed-Berg
https://www.tiktok.com/@ed.berg.author